임대주택 관리사무소 이야기

임대주택
관리사무소
이야기

강미라외 50인 글

도서
출판 **답게**

"이제 토끼 봤으니까 됐어."

입주민 할머니가 관리사무소 직원에게 마지막 남긴 말이다. 힘든 몸을 이끌고 구태여 찾아와 젊은 토끼 친구 직원에게 이 말을 건넨 당신의 마음은 어떤 것이었을까?

이 책은 온통 '의외의 관계'에 대한 이야기들이다. 살면서 아주 가끔 겪기도 하는 예사롭지 않은 경험은 마음을 크게 흔들어 놓기도 한다. 글쓴이들의 가슴에 깊이 새겨져 오래 남을 기억이, 짧은 이야기를 통해 얼마만큼 전해질 수 있을지는 모르겠다. 그러나 마음을 열고 귀 기울이면서 상상해보기를 권한다. 그 할머니의 마음 역시 한번 짐작해 보면 좋겠다.

의외의 관계가 생기는 것은 종종 평온을 깨는 일이 계기가 되곤 한다. 관리소에서 일하는 거의 모든 직원이 일상적이지 않은 사건을 경험하는 듯하다. 그러나 종종 어떤 이들은 그런 사건을 '일상'이라고 말하기도 한다. 이런 일을 겪다 보면 아프고, 스트레스가 쌓이고, 고민이 커지고, 억울한 마음이 들 때도 있다.

모두가 늘 그런 것은 아니지만, 간혹 흔하지 않은 방식으로 이런 상황에 대응하기도 한다. 이런 일까지 해야 하나 싶은 의구심이 없는 것은 아니지만 그래도 나 몰라라 하는 것이 더 힘들어서, 지금 이대로 둘 수는 없어서, 괜히 고집이 생겨서 등 그 이유도 다양하다. 그래서 이런저런 방법을 찾고, 이쪽저쪽에 물어보고, 구태여 찾아가 만나고, 이야기를 신물이 날 때까지 듣는다.

그러다가 어느새 달라진 관계를 느끼게 된다. 설사 문제가 해결된 것은 아니더라도 각자의 마음은 전과 달라진 것이 분명하다. 좀 더 익숙하고, 인정되고, 편안하다. 뭔가 나아질 것이라는 기대도 있다.

대개 달라진 관계는 또 다른 관계를 낳는다. 이야기가 입에서 입으로 전해지면서 새로운 관계가 만들어진다. 다양한 개인과 기관, 조직들이 함께 관계를 맺어나간다. 관계가 맺어지면 사람은 더는 혼자가 아니다. 복잡하고 강하게 맺어진 관계는 사람을 일으켜 세우고 서로를 지키기도 하니까 말이다.

여기 실린 이야기들이 공단 직원과 입주민이 경험하는 세계의 전부는 아니다. 실리지 못한 이야기와 표현되지 않은 복잡한 감정이 더 많을 것이다. 그중에는 세상에 편하게 내놓기 어려운 것도 있다.

아직 이야기를 다 하기 어려운 것은, 곁을 내주는 누군가가 필요한 이들이 많고, 옆에 있어 줄 사람이 더욱더 필요하기 때문일 것이다. 점점 혼자되는 사람이 많아지고 있어 두렵다. 집으로 수리를 하러, 연체 건을 통보하러, 민원을 처리하러 가서 그들을 만나게 된다. 혼자 병들고 근심하는 사람이 없는 동네가 되었으면 좋겠다.

그래도 아직 토끼 친구들이 있기에 감사하며 따뜻함을 느낀다.

임인년 8月
주택관리공단 사장 **서종균**

| 차례 |

3. 희망 더하기

1. 공감 더하기

따뜻한 임종을 함께하며

분당하얀6단지 강 미 라

　　6**동 2층에 거주하는 입주민이 관리사무소에 방문하셨다. 옆집에서 냄새가 많이 나는데 참을만한 냄새가 아니라는 것이다. 세대에서 악취가 나는 경우는 비일비재하기에 하던 일을 마무리하고 바로 방문 드리겠다고 했더니 당장 올라가야 한단다. 도저히 사람이 견딜만한 냄새가 아니라며 같이 가자고 민원대를 떠나지 않으셨다. 할 일을 잠시 접어 두고 앞장선 입주민과 시설 직원과 함께 2층에 올라갔다. 입주민 말씀처럼 음식물 썩는 냄새 같기도 하고 '이건 무슨 냄새지?' 가늠이 안 되는 형용할 수 없는 퀴퀴함이 몰려왔다. '무엇일까? 뭐랄까. 음. 음. 사람이 죽으면 나는 냄새일까? 설마, 그럴까?' 하는 약간은 무거운 마음을 다잡고 초인종을 눌렀다.

　　다행히도 문은 열려 있었고 안에서 사람 소리가 들린다. 관리사무소에서 왔다고 크게 말씀드리고 문을 빼꼼히 열어봤는데, '와, 세상에' 퀴퀴한 냄새가, 한 번에 쑥 들어오는데 '우', 그냥 다시 나가고 싶었다. 고개를 돌려 함께 간 직원을 바라보니 마음이 통한다. 그러나 퇴로가 없다. 그냥 안으로 들어가 봤다.

방안에는 물건들이 쓰레기처럼 널브러져 있고 음식물들은 토한 상태로 있었으며 입주민께서는 방에 누워계셨다. 아니 쓰러져계셨다. 옷을 하의만 하나 걸치고 있었는데 메마른 몸매로 건강이 매우 좋지 않음을 당장 알 수 있었다.

어르신을 불렀다.

"어르신, 몸이 안 좋으신데 병원에 가셔야죠?"

잘 못 알아들으신다. 다시 말씀드린다.

"어르신, 병원에 가셔야겠어요. 119 부르겠습니다. 가족들은요?"

어르신은 작은 목소리로 재차 말씀하신다. 귀 기울여 들어보았다.

"난, 며칠 후면 죽어."

"어르신 무슨 말씀이세요, 병원에 모셔다드리겠습니다."

"아니야, 난 며칠 후면 죽어. 그래서 병원 가기 싫어. 일부러 안 가는 거야. 난 집에서 죽고 싶어. 그냥 나를 내버려 둬."

작은 목소리였지만 마음은 확고했고 그 뜻은 잘 전달되었다.

뜻은 알아들었지만 가만있을 수도 없어 우선 119에 신고를 했다. 행정복지센터와 복지관에도 연락하여 긴급 상황을 말씀드렸다. 담당 직원이 바로 세대에 방문했고 119도 도착을 했는데, 문제는 어르신이었다.

"난 안 가. 내버려 둬. 난 여기서 죽을 거야. 괜찮아, 가족도 없으니까 여기서 죽게 둬."

어르신이 병원에 가기 싫다는 거다. 몸이 많이 안 좋음을 알고 가족도 없으니 더 살고자 할 이유도 없다는 거다. 그러니 차가운 병원 침실에서 임종을 맞고 싶지는 않다는 거다. 감히 이해한다고 말씀드리기 어렵지만, 또 이해되는 듯하다.

그러나 참 난감했다. 마지막 길을 사랑하는 가족과 함께 인사를 나누면 좋을 텐데 우선 함께할 가족이 없다는 것이 참 안타까웠고, 그러므로 더는 치료하고 싶지 않다는 말에 나는 할 말이 없어졌다.

어떻게 해야 하나, 응급실로 모시려고 온 119안전센터 직원도 어찌할지 몰랐고, 수급 지원을 해드리며 상담을 도왔던 행정복지센터 주임님도 말씀이 없으셨다. 세대에 방문하여 홈닥터(독거노인 밀착 보호 서비스) 업무를 지원했던 직원도 어찌할지 모르는 건 마찬가지. 그럼 우리는 어떻게 해야 할까, 고민에 들어갔다. 어찌해야 할까, 어르신의 마음을 이해 못 하는 바는 아니다. 그렇다고 아파서 몸을 뒤흔들고 구토를 하며 하루하루를 버티시는 어르신을 집안에 계시게 하는 것도 마음에 걸리고 강제로 병원에 보낼 수도 없고 참으로 난감한 상황이 잠시 흘렀다.

어르신은 작은 목소리로 강력하게 여러 번 말씀하신다.

"고마워. 괜찮아, 난 안 가. 여기가 내 집이니 여기서 마지막까지 있을 거야."

의식이 없어 무조건 데려갈 수 있는 상황이 아닌지라 관리사무소, 행정복지센터, 119안전센터나 복지관 담당자는 잠시 복도에 나가 의견을 나누었다. 지금 최우선으로 결정해야 할 것이 무엇인지부터 정하자.

첫째, 어르신이 안 가겠다고 하시는데 우리가 강제로 보낼 수 없다.

두 번째, 집은 어떻게 할 것인가이다. 냄새가 진동하여 잠시 있기도 힘든데 같은 층에 사는 옆집들, 윗집, 아랫집으로 흘러가는 냄새를 막을 수가 없는데 '방법은 무엇인가'이다.

세 번째, '임종은 어떻게 파악할 것인가.'

네 번째, '임종 후 처리는 어떻게 할 것인가.'

여러 다양한 의견 속에 결론을 내렸다.

우선, 어르신 마음이 편하시게 집에서 임종을 기다리기로 했다. 몸에 남아 있는 진을 다 빼느라 본인이 고통스럽고 힘드시겠지만, 침대에 누워 어느 날만을 기다리는 것 또한 힘드신 일이지 않겠는가. 약으로 연명하고 싶지 않다고 하셨으니.

두 번째 문제는, 관리사무소 직원, 복지관 자원봉사자분들이 집 안을 청소하기로 했다. 한번 깨끗하게 청소하고 행정복지센터 주무관님과 지역돌봄센터에서 매일 오전 오후로 나눠 나오시기로 했다. 물론 하얀마을 관리사무소 홈닥터 직원도 매일 나가 보기로 했다. 그러고는 자연스럽게 임종을 맞이하게 되었는지 보살피기로 한 것이다. 세대에 들어가서 냉한 기운을 느껴야 한다는 게 마음이 착잡하기는 하지만 그래도 어르신 가시는 길이 따뜻했으면 좋겠다는 생각만 했다. '그냥 다른 이유 없이 따뜻하게 보내시라, 좋은 기억만 갖고 가시라'. 그런 마음만 들었다. 하얀마을 6단지에서 거주하는 마지막이 행복함으로 가득했으면 좋겠다 싶었다.

그래서인지 마음이 다급해졌다. 청소를 빨리해야 했다. 복지관 자원봉사자분들을 불렀고 관리사무소 직원들이 청소도구를 가지고 갔으며, 혹시나 긴급하게 임종을 맞았을 때를 대비해 행정 사항을 정비했다. 해약처리 사후처리 등등. 마음 편한 일은 아니지만 각 기관과 마음이 맞으니 일은 일사천리로 진행되었다. 퀴퀴한 냄새 때문에 민원을 넣었던 입주자분도 댁에 방문하시어 청소를 도왔고 매일 방문해 보겠다고 하셨다. 아니 옆집에서 나는 소리를 먼저 알 수 있으니 본인이 확인하여 주겠다고 하셨다.

이틀이 지났다. 옆집 입주자분이 전화를 주셨고, 119가 다시 왔으며, 각 기관에서 다시 모였다. 어르신은 고통스러운 흔적을 남기셨지만, 집에서 맞은 임종이 따뜻했으리라 믿고 싶다.

포토존이 된 불빛정원

분당한솔7단지 최 희 선

"최대리~! 관리비가 왜 이렇게 많이 나왔어? 난 난방도 잘 안 하는데 니들 맘대로 관리비를 내보내는 거냐!"

오늘도 어김없이 입주민들의 민원으로 하루를 시작했다. 하루에도 수시로 관리비를 빌미로 어르신들이 사무실에 방문하신다. 몇십 건의 민원을 처리하다 보니 어느새 창밖이 어둑해지고 있었다. 나도 모르게 지쳐있었나 보다.

"겨울이라 해가 빨리 져서 창밖으로 들어오는 어둑어둑한 기운이 너무 삭막하네."

혼잣말이 튀어나왔다. 내뱉은 말에 흠칫 놀라 앞에 계신 방문 입주민을 쳐다보았는데, 입주민이 맞장구를 치시며, "그래, 코로나로 분위기도 삭막하고 단지도 너무 어두워. 단지 입구에 들어올 때 무섭다니까? 호호호."

16 임대주택 관리사무소 이야기

'아…. 코로나가 오래 지속되면서 모두가 지쳤구나…. 나만 그런 게 아니구나.' 느끼는 순간, 이렇게 가만히 있는 것이 너무 답답하게 느껴졌다.

2년째 코로나로 분위기가 어둡고, 답답하고, 나가서 이웃들과 만나 수다를 떨 수도 없으니 관리사무소에 오셔서 답답함을 호소하는 걸까? 그렇다면 우리 단지 분위기를 밝게 변화시킬 수 있는 게 뭐가 있을까? 고민하다가 "우리 단지 입구에 전구를 달아서 예쁘게 꾸며 보면 어떨까요?"

순간 나도 모르게 직원들과 방문 중인 입주민에게 의견을 물어보았다.

"우리 단지가 사거리에 있잖아요. 전구로 예쁘게 꾸미면 멀리서부터 '우리 아파트다!'하고 그 순간부터 집에 오는 길이 너무 행복할 것 같지 않으세요?"

"어머~ 그치그치! 우리 단지 입구가 너무 어두우니까. 멀리서부터 그렇게 보이면 너무 예쁘고 좋겠다."

다행히 입주민과 직원들이 맞장구를 쳐주셨고, 우리 직원들은 그날부터 우리 단지를 어떻게 하면 예쁘고 활기차게 바꿀 수 있을까 하는 생각에 민원의 피곤함이 싹 가시고 단지 정비에 몰두하게 되었다.

모든 직원의 만장일치로 단지 입구에 은하수 불빛을 설치하기로 하였고, 사거리의 한쪽 부분에만 1만구의 전구를 설치하는 데에 일주일이란 시간이 걸렸다. 하필 한파가 겹쳐 모든 직원이 추위와 싸움을 하고 쉽지 않은 작업이 이어졌다.

"그거 지금 뭐 하고 있는 거요?"

"다가오는 크리스마스와 코로나로 삭막한 연말 분위기를 따뜻하게 단지 입구가 반짝반짝 오색 찬란한 불빛 정원으로 만들고 있어요."

"근데 일손이 부족한가? 며칠째 하는 거 같더구먼" 하시더니 따뜻한 두유를 사다 주시며 기운을 북돋아 주심에 마음까지 따뜻해졌다.

"네, 어르신~ 빨리한다고 하고 있는데 금방 마무리될 거예요."

"오래 걸리는 거면 우리가 좀 도와줄까? "

추위에도 아랑곳하지 않고 노력하는 직원들의 모습에 참여하시는 어르신분들도 늘어나서 2만구의 전구로 단지 입구 사거리를 아름답게 꾸밀 수 있었다.

아파트 입주 28년 만에 처음으로 단지 입구를 조명으로 아름답게 꾸밀 수 있었고, 입주민들 모두가 이렇게 우리 아파트가 예쁜지 몰랐다며 연신 감탄사를 내뱉었다. 우리 단지에서 처음으로 보는 불빛이라며 연말 분위기를 한껏 느낄 수 있다며 너무 좋아하셔서 직원들 모두가 뿌듯했고 입주민들의 격려로 따뜻함과 온정을 느낄 수 있었다.

연말이 되니 우리 아파트 입구는 입주민들 모두가 이용하는 포토존으로 거듭났으며, 2만구의 오색찬란한 불빛 정원은 주변 단지에서도 방문하는 명소가 되었다. 추운 날씨 속에서도 은하수 조명을 설치하는 데에 입주민들이 많은 관심과 도움을 줄지 생각지도 못했는데 직원들과 입주민들이 모두 협력하여 단지를 가꾸는 것이 이토록 뿌듯하다는 것을 처음으로 느끼게 되었다.

입주민들이 행복해하시는 모습을 보며 '조금 더 일찍 불빛 정원을 만들었으면 따뜻한 불빛으로 추운 겨울을 녹여드렸을 텐데….'라는 아쉬움이 있었다. 그리고 더욱 화려하고 아름답게 불꽃을 꾸며 보겠다는 욕심까지 생겨났다.

설치할 때는 춥고 작업이 까다로워 직원들이 매우 힘들어했지만, 입주민들이 느끼는 만족과 행복감이 직원들에게도 고스란히 전해졌다. 그리고 불빛 정원으로 인해 매일 겨울 저녁 퇴근길이 행복하고 따뜻해졌다.

든든한 이웃, 강원도 총각

수원우만3단지 이 두 호

어느 기분 좋은 가을날 어르신과 첫 만남이었다.

"안녕하세요! 어르신! 이번에 우만3단지로 발령받아 홈닥터 세대를 담당하게 된 이두호 입니다! 앞으로 잘 부탁드립니다!"

어르신께서 배시시 웃으며 아픈 몸을 겨우 일으켜 반겨 주셨다. 앓고 계신 파킨슨병에 관한 이야기를 시작으로 개인사를 애써 말씀해 주신 어르신에게 최대한 밝은 모습으로 말동무를 해 드렸고, 어르신께서는 손주처럼 달갑게 대해 주셔서 첫인사를 무사히 마치게 되었다. 어르신과 첫인사 후 매달 관리사무소 업무를 보는 중간에 어르신 댁을 방문하여 이야기를 나누며 친밀감을 계속 쌓아갔다.

그러던 어느 날 현관에 못 보던 신발이 있어 어르신께 여쭤보

앉다.

"어르신! 못 보던 신발이 있던데 누가 오셨나요?"

어르신의 친아들이 이번에 병원에서 퇴원해 같이 살게 됐다고 말씀해 주셨다. 아드님께 인사를 드리려고 하는 순간, "아들이 대인기피증이 너무 심해서 낯선 사람과 대화하는 것을 두려워해! 마음은 고마운데 인사하는 것은 어려울 것 같다."라고 인사를 하려는 나를 만류하셨다.

아들과 함께 거주하게 되신 어르신은 조금씩 변화가 느껴졌다. 세대를 방문할 때마다 문 앞에서 큰 소리로 "안녕하세요!" 밝게 인사를 드렸지만, 인기척도 없고 방에서 나오지도 않으셔서 안부조차 확인할 수가 없었다. 그렇게 아픈 아들을 돌보며 외부와 단절된 생활을 계속하시던 어르신은 집안 살림이나 청소 등 주거환경에 신경 쓸 겨를이 없으셨다. 어르신이 걱정되어 조금이나마 도움을 드리고자 움직였다. 세대 내부의 모든 시설물의 노후 정도를 조사하여 시설물 교체를 LH에 요청했더니, 방창호는 물론이고 욕실의 모든 시설, 현관문까지 모두 교체 받을 수 있다는 소식을 듣게 되었다.

곧장 기쁜 소식을 어르신께 전해드렸고 어르신께서는 매우 좋아하시다가 걱정스러운 표정으로 집을 고치게 되어서 정말 기쁘지만 왜 이렇게까지 자신을 챙겨주는지 물어보셨다. 그 질문에 나는 "제가 강원도 총각이라서 그래요. 어머니!"라고 말씀드렸고, 어르신과 한참 웃었다. 그 뒤로 어르신은 이웃에게 나를 우리 아들 '강원도 총각'이라고 소개해 주셨고 나 역시 다른 입주자분들께 '우리 어머니'라고 소개해 드렸다. 그렇게 시간이 지나 내가 담당하던 동의 입주민들은 나를 강원도 총각이라고 부르며 반겨 주기 시작했다.

근무를 마치고 퇴근하는 어느 날, 운전 중 옆 차선에서 넘어온 화물차로 인해 크게 교통사고가 나서 병원에 입원한 적이 있었다. 그때도 홈닥터 어머님께서 소식을 전해 듣고 연락이 오셔서 입원했다는데 꼭 가봐야겠다며 괜찮은지 안부 전화를 주시고 진심으로 나를 걱정해 주셨다. 나는 어머님 몸이 불편하시니, 여기까지 차마 오시라 말을 하지 못하였고, 정말 감사하게 마음만 받겠다고, 퇴원 후에 찾아뵙고 인사드리겠다고 말씀드렸다.

변화를 주도하는 관리사무소

서울수서단지 김 현 수

"근본적인 대책을 만들어야 합니다!"

무더운 여름날 각 기관을 대표하는 사람들이 한 회의실에 모여 있다. 강남구의회, 정신건강복지센터, 주민센터, 경찰서, 종합사회복지관, 강남을지병원…. 영구임대아파트 관리사무소와는 전혀 관련이 없는 기관처럼 보이지만, 이 장소에서는 모두가 한 가지 목표가 있다.

"적치물로 인한 행정처분이 현실적으로 실현되기는 어렵습니다. 단순히 치워주기만 하는 것은 재발의 요인만 될 뿐입니다."

"관리사무소, 주민센터에서 사건이 발생할 때마다 무료로 치워주는 것에는 한계가 있습니다."

"청소 자체도 중요하지만, 사람에 대한 접근도 생각해 봐야 합니다."

1차, 2차 회의를 거치면서 뚜렷한 성과 없이, 다양한 발언들만 쏟아져 나오는 가운데 한 가지 목표를 정해야 한다는 생각이 들었다. '기관마다 각자의 방향으로 접근하기보다는 유기적으로 연계를 하면 더 좋은 결과가 나오지 않을까?'

　　"우리가 상황이 발생할 때마다 각기 다른 사건으로 활동하기에는 무리가 있지 않겠습니까? 강남구의회를 통한 조례 제정으로 협력할 수 있는 발판을 만들어 봅시다."

　　조례 제정을 위한 자료 제출을 위해 그동안의 단지 내 적치물 세대를 정리하고 자료를 만들면서 다시 한번 마음의 다짐을 하였다. '단순 청소만으로는 계속 반복될 뿐이고, 이것은 인력과 행정력의 낭비다. 조례 제정을 통하여 협력 기관들이 유기적으로 활동할 수 있는 발판을 만들어 보자. 미약한 한 걸음일 뿐이라도 시작이 반이라는 생각으로 해보자!'

　　당연히 쉬운 길은 아니었다. 제출 자료를 위해 몇 날 며칠을 모니터와 씨름하고, 주민 의견을 취합하면서 적치 세대에 대한 자료를 정리하였다. 의회의 반대로 조례 제정이 무산되어 고배를 마시고 아쉬움에 한숨을 쉴 때도 있었지만, 포기하지 않고 적치물 처리가 지역주민과 지역 내 기관이 함께 풀어나가야 하는 문제임을 상기시켰다.

2021년 5월 7일 오후, "적치가구 주거환경 개선 지원 조례 제정이 완료되었답니다!" 그동안의 준비가 보상을 받는 날이었다.

이제 적치 가구가 발생하면 관리사무소에서 단순 청소만 하는 것이 아닌, 지역 내 관계기관이 연계하여 저장강박증 대상자의 정신과적 치료 및 상담을 통한 사후관리, 세대 시설물 보수, 물품 반출을 위한 자원봉사 연계 등 유기적인 활동 체계를 구축할 수 있게 되었다.

조례 제정이 되었다고 모든 문제가 사라지는 것이 아니고 지금까지와 다르게 행동하는 것도 아니다. 하지만 이번 일화를 통하여 아파트 관리사무소에서 할 수 있는 일은 한계가 있다는 틀에서 벗어나 지역에서 다양한 주체들이 협력하는 것에서 주도적인 역할을 한 것이 의미가 있었다.

공감하는 민원 응대의 중요성

서울신림 2단지 최 희 성

윗집, 아랫집, 옆집에 주기적으로 층간소음 피해를 주고, 오물을 투척하고, 거기다 이웃들이 자신을 모함하고 다닌다고 주장하시는 할머니가 계신다. 관리사무소에 특정 세대가 그런 문제를 일으킨다고 민원을 제기하면, 관리사무소 직원이 밤이고 낮이고 찾아가 확인하지만, 오히려 해당 세대에서는 '그런 사실이 없다'하고 본인들도 그러한 모함의 피해자라 호소한다. 관리사무소 직원이 보기에도 주변 세대가 특별한 소음을 일으키거나 할머니 댁에 피해를 준다는 증거를 찾을 수는 없었다.

관리사무소에서 이런 문제에 대해 어려움을 표현하면 할머니는 관악구청, LH, 지역의 국회의원 사무실, 경찰서, 시청 등 민원을 제기할 수 있는 모든 곳에 민원을 제기하신다. 물론 위의

기관들 역시 방문해서 파악해보아도 뚜렷한 해결 방법이 없어 결국은 다시 우리 관리사무소에 해결을 요구한다. 관리사무소에 오시는 할머니께 소음을 일으키거나 오물을 투척하는 집이 없다고 매번 설명해 드리지만, 할머니는 본인 말씀만 수십 분 하시면서 민원 관련 얘기와 개인사에 관한 얘기도 읊조리시다가 소재가 다 떨어질 때쯤 집으로 돌아가신다.

처음 3년간은 할머니의 민원 제기와 해결이 어렵다는 해명만이 계속 반복되었다. 시간이 흐르다 보니 '혹시 우리가 할머니에 대해 알지 못하는 부분이 있을 수도 있지 않을까?' 하는 의문이 들어 최대한 말씀을 다 들어 드리기로 마음먹었다.

회의를 통해 할머니 민원 응대를 하게 되면, 중간에 할머니 말씀을 끊거나 그런 일 없다고 반박하지 않고 하시는 말씀을 끝까지 친절하게 들어 드리기로 정했다.

한번 관리사무소에 오시면 30분 이상 얘기하시는 특성상 그때마다 곤욕이었지만 서너 번 그런 과정을 거쳤더니 마음이 풀리신 건지 그 이후로 민원을 제기하는 빈도가 줄어들고 이제는 관리사무소에 간식을 갖다주기도 하신다. 항상 관리사무소를 찾아오시는 할머니를 처음부터 우리가 공감하고 얘기를 잘 들어드렸다면 비교적 단기간에 할머니의 불만이 해소되지 않았을까 싶기도 하다.

관리사무소에서 입주자의 민원을 응대하다 보면 문제 해결에만 치중한 나머지 입주자가 느낄 감정 자체에 공감을 못 하는 경우가 많다. 특히 표현이 부족하거나 장황하게 말씀하시거나, 거친 말투로 말씀을 하시는 경우 더욱 그렇다. 하지만 입주민의 푸념에 가까운 민원을 말동무처럼 잘 들어주고, 진심으로 공감해 주는 것만으로 민원이 쉽게 해결되는 상황을 자주 겪는다. 민원 응대뿐 아니라 사람 간 대화의 기본은 친절과 공감임을 다시 한번 느꼈다.

방구석 피크닉

김포마송단지 박 진

"나들이 가기 참 좋은 날씨네. 김밥 이런 거 얼른 말아가지고…."

연신 춥단 소리를 하던 직원이 드디어 봄 다운 말을 했다. 소풍, 김밥, 어린이날. 생각만 해도 설렘 가득해지는 오월이 아닌가. 이윽고 나는 제석이와 영지를 떠올렸다. 이 아이들에게도 봄이 찾아왔을까?

제석이와 영지를 만난 건 작년 겨울. 욕실 환풍기가 고장 났다는 접수를 받고 향했던 집에는 내복 바람의 초등학생 저학년 남짓한 어린 남매가 있었다.

"부모님은 오늘 안 계신 거야?" 묻자, 핸드폰 게임을 하면서 현관문을 열어준 남자아이가 대답했다.

"네. 일하러 가서 우리만 있어요."

그제야 고장 접수를 했던 사람이 아이 엄마였다는 걸 눈치챘다. 한 살 누나인 영지는 낯선 사람의 방문이 꽤 익숙한 듯 환풍기의 고장 증상을 능숙히 설명하고 제 할 일을 하러 갔다. 제석이는 욕실 수리를 하던 나에게 공구 가방에 뭐가 들었는지, 키는 이렇게 큰데 몸은 왜 뚱뚱한지 질문 세례를 퍼붓는다.

잠깐이지만 호기심 가득한 8살 아이에게 말을 걸면 대답하는 상대가 생긴 것이다. 그도 그럴 것이 맞벌이하는 아이들의 부모님은 밤이 늦어서야 귀가했고, 무료한 시간을 달래주던 겨울방학 돌봄교실도 코로나로 인해 운영을 중단했으니 지금 아이들의 유일한 놀이터는 6인치 스마트폰 속 세상이 전부일 터.

"안녕히 가세요."

"또 와요!"

아이들의 해맑은 인사가 측은히 느껴진다.

그 이후로도 아이들은 엄마 대신 계약 서류를 받아 가거나, 집 안에 어디가 고장 났다고 직접 접수하러 오곤 했다. 우리 단지는 1/3이 고령자인 만큼, 아이들 구경이 쉽지 않다. 그래서인지 제석이와 영지는 우리 사무실에서, 아니 단지를 통틀어 충격적이면서 신선한 존재였다.

우리 할머니가 날 더러 "보기만 해도 좋다"라고 얘기하시던

게 이런 기분이셨을까? 아이들을 알고 지낸지도 벌써 반년이 흘렀다. 잠잠해지는 듯 보였던 코로나바이러스는 어느새 네 번째 대유행을 앞두고 있다. 연일 최고 기록의 확진자가 쏟아져 나오고 학교들은 등교를 전면 중단했다. 처음 만난 지난 겨울 모습처럼 제석이와 영지는 또다시 집에 갇혀 있는 신세다.

그맘때 나는 단지 평가 준비로 바빴는데, 단지 내 고령자를 대상으로 커뮤니티 활동을 준비하고 있었다. 자료를 정리하다 문득, 3월에 신청했던 지자체 보조사업이 캘린더에 적혀있었다. '희망의 밥상 펼치기' - 온라인으로 요리 수업에 참여하는 이른바 '요즘' 방식의 프로그램이다. 어르신이 대부분인 단지 실황을 고려했을 때 참여자가 거의 없을뿐더러 설령 있다 해도 손이 많이 가는, 냉정히 말하면 '귀찮은' 업무였다.

'이미 해봤던 다른 커뮤니티 사업도 많은데 우리 단지의 주 고객은 어르신들이야. 고객 중심으로 해야지'라고 생각하며 어느샌가 매너리즘에 깊게 빠진 채 계속 키보드만 두드렸다.

그때 우리 과장님이 외부 점검을 마치고 사무실로 돌아왔다.

"나들이 가기 참 좋은 날씨네. 김밥 이런 거 얼른 말아가지고…."

Z세대인 나의 어린 시절엔 낭만이 있었다. 대공원으로 떠나는 소풍에 돗자리와 좋아하는 음료, 그리고 엄마가 정성껏 말아준

김밥 한 줄이면 세상을 다 가진 양 들떠 있었다.

기분 좋은 봄바람이 불어올 때면 그때의 기분을 떠올려 보곤 한다. Z세대의 다음은 뭘까? 코로나 세대? 소풍 가는 기분을 유튜브로 체험하는 시대가 오진 않을까? 보다 적은 추억을 안고 더 큰 풍파를 헤쳐나갈 어린 친구들에게 연민이 느껴졌다.

'이번 주거복지 업무는 새로운 연령층의 주민들을 위해서 기획해 보리라!' 직원들은 온라인 요리 수업 개최를 위해 적극적인 홍보와 ZOOM 사용 교육, 요리 재료가 담긴 쿠킹 박스 배달까지 많은 수고를 함께 나누어 주었다.

엄마가 쉬는 날이라 제석이와 영지네도 수업에 참여할 수 있게 됐다.

"이게 뭐예요?! 우리 김밥 만들어요?"라고 외치듯 물어보던 아이들의 상기된 표정이 사랑스럽다. 요리 프로그램의 주제는 어린이날을 맞아 '나들이 김밥 만들기'로 기획되었다. 얼마나 적기인지. 열심히 기획하고 피드백을 반영해 준 김포시청 모 주무관에게 감사를 표한다.

대망의 오월 오일 어린이날. 어린이보다 어른이 더 많으면 방정환 선생님을 뵐 면목이 없다는 생각으로 수업에 참관했다. 제석이와 영지는 이미 익숙한 온라인 수업으로 능숙하게 프로그램에 접속한 것 같았다.

"열심히 홍보 하긴 했지만, 우리 단지에 아이들이 또 있을까?" 하며 맘 졸이던 찰나. 이름 옆에 (소망마을)을 달고 들어온 아이들이 2세대나 더 있었다. 우리 단지에 제석이와 영지 말고도 다른 아이들이 있다는 게 놀라우면서도 기뻤다. 수업이 시작되고 강사의 지도에 따라 준비한 재료들로 김밥을 만들어 본다.

까만 김을 하얀 쌀로 채우는데는 고사리손이 수차례 왕복해야 하지만 아이들에겐 그마저도 새롭고 즐거운 콘텐츠다. 텔레비전과 스마트폰에서 눈을 뗄 수 없었던 제석이와 영지도 오늘만큼은 엄마와 눈을 맞추며 함께 시간을 보낸다. 비록 거리 두기 상황으로 김밥을 들고 나가진 못했지만, 방구석에서라도 소풍 가는 기분을 만끽해 본다. 하루빨리 팬데믹이 끝나고 '진짜 피크닉'을 위해 김밥을 마는 날이 오겠지? 오늘은 그날을 위한 연습이라고 해두자.

유독 긴 겨울도 결국엔 봄이 온다. 혹한의 시기도 반드시 끝이 있으리라. 훗날, 고통의 시대를 견뎌 낸 아이들이 다시 살랑이는 봄바람에 유년의 추억들을 떠올릴 줄 아는 낭만을 가졌으면 좋겠다. 그리곤 참아왔던 긴 숨을 뱉듯 이렇게 독백하겠지.

"나들이 가기 참 좋은 날씨네. 김밥 이런 거 얼른 말아가지고⋯."

제가 더 도와 드릴 게 없을까요?

인천마전단지 김 유 정

"저기…."

민원인들의 민원접수와 전화 알림음이 정신없이 뒤엉키는 가운데 작고 힘없는 목소리가 입구에서 들렸다. 의자에 앉아선 보이지도 않는 작은 체구의 할머니는 지팡이를 짚고 계셨다.

"무슨 일이세요?"

"내가…."

"이리 오세요, 잘 안 들려요. 어머니."

할머니를 소란 통에서 좀 떨어진 곳으로 모셔와 얘기를 나눴다. 지팡이를 짚은 주름진 작은 손은 미세하게 떨렸으나, 또박또박 정돈된 목소리로 말씀을 이어나가셨다.

"갑자기 임대료를 내라니. 나는 돈이 없는데. 우리 아들이 최근에 교통사고를 당해서…."

할머니 말씀을 토대로 관리사무소 직원들과 머리를 맞대고, 입주자 정보와 상황을 종합해 보았다. 할머니는 혼자 거주하시면서 주거급여를 받고 있었는데, 교통사고를 당해 몸을 가누지 못하는 아들을 전입시키면서 주거급여 혜택을 받지 못하게 되었고 임대료가 부과된 것이다. 수입도 없는 할머니는 당장 끼니가 걱정이라고 하셨다. 불편한 몸으로 아들도 챙길 수 없는데 도움을 청할 곳이 없다며 관리사무소로 찾아오신 것이었다.

"그래도, 내가 말할 수 있는 곳은 여기뿐이니까…."

"저희가 최대한 알아볼게요. 연락드릴 테니 올라가서 좀 쉬고 계시겠어요?"

연신 부탁한다며 직원들의 손을 잡으시는 할머니를 걱정하지 마시라고 안심시킨 뒤, 동사무소 복지과, 구청, 각종 지자체에 연락해 할머니를 도울 방법을 찾았다. 소득이 있었던 아들이 전입되면서 주거급여 대상에서 제외되었으니, 주거급여에 필요한 신청서를 발급받아 다시 혜택을 받을 수 있도록 주거급여를 재신청하고, 장애를 입은 아들을 도와줄 요양보호사를 지원받으실 수 있도록 복지센터를 연계해 드렸다. 어르신들이 혼자 하기 어려운 서류들을 안내하고, 준비하는 것을 도와드렸다. 도움을 받을 수 있는 제도들을 신청해드리고 복지단체에서 쌀과 고추장을 전달해드렸다.

"앞으로는 한 주에 한 번 반찬 드리러 올 테니 문 좀 잘 열어주세요."

복지단체와 연계하여 한 주에 한 번 반찬을 전달하며, 세대를 방문하고 살피기로 하였다.

"얼마나 고마운지, 이렇게 도와주다니."

연신 고맙다며 말씀하시는 어머니는 처음 관리사무소로 도움을 청하러 오셨을 때보다 훨씬 힘있게 말씀하셨다. 뿌듯함이 컸다. 도와줄 사람이 없어 캄캄한 방에서 답답해하셨을 어머니에게 조금은 도움이 되지 않았을까. 평소에 좀 더 귀 기울였다면, 좀 더 알아보려 했다면, 많은 분께 실질적으로 큰 도움을 주었을 텐데, 아쉬움이 남기도 했다.

"어머니 잘 계시죠, 오늘은 싱크대 경첩에 나사가 풀렸네요. 고쳐드릴게요. 주거급여는 잘 나오고 있나요?"

"네. 그럼요. 잘 좀 부탁해요"

어머니께서 찾아오신지 몇 달이 지났을까, 여전히 건강한 어머니는 항상 작업이 끝날 때마다 음료를 챙겨주시거나, 차를 한 잔 내어 주셨다.

"다 됐습니다. 어머니."

"고생했어요. 참 고마워요."

차를 건네시며 밝은 표정으로 어머니는 고맙다고 인사하셨다. 발을 신발 뒤꿈치에 구겨 넣으며 이제는 항상 습관적으로 하는 말이 생겼다.

"어머니, 제가 더 도와 드릴 게 없나요?"

바퀴벌레와의 사투

안산고잔17단지 윤 상 원

때는 2021년 9월 화창한 어느 날, 단지를 순찰하던 중 입주자 한 분이 나를 불러 세우며 "더운 날씨에 고생하시네요~."라고 하시며 밝게 인사를 건네주셨다.

"오늘은 기분 좋게 시작하는구나!"라며 혼잣말을 하였다.

그러다 잠시 후, 밝게 인사를 해주셨던 입주자께서 음료수를 건네주시며 "도움이 필요해서 그러는데 우리 집에 잠시 같이 가주시면 안 될까요?"라고 부탁하셨다.

나는 궁금한 마음에 어떤 일인지 물어봤다.

"죄송하지만 집 안에 400마리 정도로 추정되는 바퀴벌레와 사투 중인데 도와주시면 안 될까요?"라고 하셨다.

에이~ 설마. "아. 네 안돼요."라고 하고 싶었지만 얼마 전 우리 집에도 바퀴벌레가 나타나 괴로웠던 마음을 떠올리며 그때

구입한 바퀴벌레약이 생각났다. 효과가 매우 좋은 약이었다. 그래서 입주민에게 오늘은 어렵고 내일 방문해서 도움을 드리도록 하겠다고 말씀드렸다. 그 세대를 방문하여 벨을 누르고 현관문이 열리는 순간 내 눈을 의심했다.

이럴 수가. 눈 앞에 펼쳐진 시커먼 수많은 녀석이 바퀴벌레란 말인가. 마치 검은콩을 쏟아 놓은 듯한 참혹한 광경이었다.

'아 이거구나! 400마리….' 이건 내가 할 수 있는 수준이 아닌 것 같았다.

"세*코를 부르세요!"라고 외치고 싶었으나 당장 외면할 수 없는 상황이었다. 하지만 나는 맨발로 바닥을 밟을 용기가 나질 않았다.

"아저씨 그냥 신발 신고 들어오셔요."

입주민께서 나의 흔들리는 동공을 보셨는지 걱정해 주시며 집 안으로 이끌어 주셨다.

비위가 약한 나로서는 도저히 감당할 수 없는 공포가 밀려오는 상황이었고, 당황은 잠시 미뤄두고 집에서 가져온 바퀴벌레약을 현관부터 시작해서 집 안 구석구석 뿌리기 시작했다. 퇴치를 이어가던 중 싱크대 문을 열었을 때, 그때를 잊을 수 없다. 악마 같은 바퀴벌레들이 그곳에 서식하고 있는 모습을…. 입주자와 나는 빗자루와 쓰레받기를 이용하여 듬뿍듬뿍 담아 철판 통에 쏟아 모은 뒤 약을 뿌린 후 퇴치를 마쳤다. 온몸이 간지럽고 뭔가 타고 올라오는 기분이었다.

그리고 며칠 후, 입주자께 연락이 왔다. 이제 집이 깨끗해져서 기쁘다고 하시며 감사 인사를 해주셨다. 영구임대아파트에는 저장강박증과 같이 사정이 있어 집안 정리를 하지 못해 바퀴벌레가 생기는 경우가 자주 발생한다. 한번 바퀴벌레가 생기면 걷잡을 수 없이 많이 번식하고 퇴치 또한 어렵다.

관리사무소에서 매번 바퀴벌레 퇴치를 도와드릴 수는 없지만 이렇게 입주자의 따뜻한 말 한마디에 마음이 녹아내리며 기분이 좋아진다. 서로 도와주고 고마움을 표현해 주면 얼마나 아름다운 모습인가. 다만 입주자에게 다음엔 세*코를 이용해 주시길 부탁드렸다.

제발! 제발! 살아만 계셔주세요

안성공도임대센터 이 선 미

"정성을 다하겠습니다. 회계담당 이선미입니다."

"나, 상가 슈퍼예요."

"네~ 안녕하세요? 건강하시지…요?"

평소 가깝게 지내던 단지 내 상가 슈퍼 사장님이 안부 인사를 묻는 나의 말을 재빠르게 끊고 다음 말을 이어나가신다.

"1**동 2**호 입주자가 이상해! 지금 와서 소주 한 병 사가면서 그동안 고마웠다고 인사하고 가는데 꼭 죽으러 가는 사람같이 느낌이 싸~해."

"예? 김다행씨요? 사장님 잠깐만요. 저 지금 갈게요."

뭔가 불안한 느낌에 나는 하던 일을 멈추고 상가로 뛰어나갔다.

"아무래도 이상해. 진짜 무슨 일 날 것 같아. 어떻게 해야 하지? 어떻게 해야 해?"

"사장님 잠시 진정 좀 하시고요, 언제 다녀갔어요? 얼마나 되었어요? 어느 쪽으로 가셨어요?"

사장님을 진정시키기는 커녕 나 자신이 더 긴장해서 무슨 일부터 해야 할지 정신을 못 차리는 상황이 되었다.

"사장님! 일단 제가 사무실 들어가서 비상연락망 확인해 보고 가족분들께 연락 시도해서 안 되면 경찰서에 신고할 테니까 일단 진정하시고 들어가 계셔요."

"그래요. 아이고 별일 없어야 하는데 젊은 사람이…."

불안해하시는 사장님을 상가로 보내드리고 나는 사무실로 복귀하여 그분에게 전화 연결을 시도하였으나, 고객이 전화를 받을 수 없다는 음성 메시지만을 확인할 수 있었다.

비상연락망을 확인하기 위해 계약서를 확인하였고, 별도의 연락처는 기재되어 있지 않아 난감한 상황에 평소 관리사무소 업무에 협조적이던 담당 동사무소 사회복지과 주무관님에게 전화했다.

"안녕하세요? 주무관님 안성공도임대센터 이선미입니다."

"네~ 안녕하세요? 무슨 일 있으세요? 목소리가 다급하시네요?"

"아~ 네 다름이 아니라 1**동 2**호 김다행님께서 지금 상가에서 소주를 사서 가시면서 불길한 말씀을 하시고 가셨다고 해서요. 별일 없으면 좋겠지만 불안해서 그러니 혹시 가족분들 연락처 확인할 수 있으시면 전화 좀 부탁드릴 수 있을까요? 저희는 비상 연락망이 기재되어 있지 않아서요. 바쁘시겠지만 부탁 좀 드릴게요. 너무 불길해서요."

"아~ 네 그럴게요. 제가 알아보고 연락드릴게요."

나는 잠시 숨을 고르고 주무관의 연락을 기다리는 동안 경찰서에 신고하였고, 경찰서에는 동일 건으로 방금 신고가 들어왔다면서 출동했다는 답변을 들을 수 있었다. 아마도 상가 슈퍼 사장님께서 불안한 마음에 경찰서에 신고부터 하셨던 것 같았다. 슈퍼 사장님에게 진행 상황을 설명하고, 불길한 예감이 현실이 되지 않기를 바라며, 그동안 김다행님께 혹시 불친절했던 건 아닌지 좀 더 관심을 가졌어야 했던건 아닌지 하는 마음으로 제발! 제발! 아무 일 없이 살아만 계시기를 간절히 바라고 또 바랬다.

한참이 지나고 업무가 다 종료될 즈음에 경찰서에서 전화가 왔다.

"여기 안성경찰서 이경장입니다. 자살 신고하셨던 김다행님의 신변이 확인되어 안전하게 구조하고 댁으로 모셔다드렸으니 걱정하지 않으셔도 됩니다."

"아 그래요? 감사합니다. 너무 감사합니다. 정말 감사합니다. 수고 많으셨어요."

나는 수화기 너머의 그분께 감사의 인사를 하고 또 하고를 반복하며 졸이던 마음을 쓸어내릴 수 있었다.

며칠 뒤, 슈퍼 사장님께서 김다행님의 무사 귀환하기까지의 자초지종을 이야기해 주셨다. 모친의 선산에서 음독자살을 시도하려고 한 사실과 조금만 더 늦었더라면 구조를 못 할 수도 있었다는 소식까지 듣게 되었다. 경찰서에는 최초 신고자인 슈퍼 사장님에게 생명을 살린 공로로 감사장 수여를 제의하셨으나, 거절하셨다고 말씀하셨고, 오히려 그 공로를 나에게 돌리고 싶다고까지 말씀하셨다.

"여기 이 회사는 홈페이지에 직원들 칭찬하는 그런 건 없나? 어디~ 주공에다 전화해야 하나? 내가 경찰서에 나 대신 감사장 주라고 했더니 최초 신고자가 아니어서 안 된다고 하더라고. 거기 경찰관은 한 사람을 살렸다고 표창까지 받는다고 하던데…."

"아휴~ 제가 한 일이 뭐가 있다고요. 저는 말씀만 들어도 감사해요. 사장님께서 그냥 흘려보내지 않으시고 관심 가져 주신 덕분인걸요. 사장님 아니었으면 진짜로 큰일 날 뻔했어요. 살아 계셔 주셔서 얼마나 다행이고 감사한지 전 진짜 엄청나게 놀랐

잖아요."

"그러게 말이야…. 이참에 술도 끊고 그랬음 좋으련만…."

그렇게 사건이 지나가고 한참이 지난 뒤에 극단적인 선택을 시도했던 입주민은 음료수를 사가지고 오셔서 고맙다고, 어리석은 행동을 해서 미안하다고 말씀하시면서 덕분에 새로운 삶을 살게 되었다고 고마워 하셨다.

15년이 지난 지금에도 생생히 기억이 나는 건 그 짧은 시간 동안 혹시라도 사망사고로 이어지면 어쩌나 하는 조바심과 두려움의 감정이 지금도 고스란히 남아 있기 때문이다. 직접적인 구조 활동은 아니었지만, 다행히 한 사람의 생명을 구하는 데 일조를 한 것 같아 마음이 뿌듯했다.

다시 찾은 온기

산본주몽1단지 김 현 경

어느 날, 단지 안에 있는 편의점에 들렀다가 카운터에서 옥신각신하고 있는 입주자를 보았다.

"내가! 막걸리 팔아준 게 얼만데 나한테 이럴 수 있어?"

무엇이 불만인지 편의점 주인과 시비가 붙어 잔뜩 화난 얼굴로 막걸리를 들고 편의점을 뛰쳐나가는 것이다. 그 입주자는 70대 독거노인으로 알코올 의존증 환자이고, 가끔 새벽 늦게까지 이어지는 음주 후에는 모두 잠든 시간에 발코니로 나가 창문을 열고 온갖 욕설을 크게 외치는 버릇이 있어서 경찰서와 관리사무소에 심심치 않게 신고도 들어오는, 단지에서는 악명 높은 민원 유발 할아버지다.

다음날 사무실에서 필요한 물품을 사러 편의점에 갔다가 할아버지를 마주치게 됐다. 할아버지는 어제와는 다른 모습으로 한 손에는 막걸리 두 병이 봉지째 들려 있었다.

"할아버지 요즘 잘 지내시죠. 요즘도 술을 많이 드시나 봐요? 뭐 사셨는지 제가 좀 볼게요."

나는 할아버지에게 안부를 물으면서 자연스럽게 들고 있던 봉지를 빼앗아 원래 있던 자리에 갖다 놓았다. 할아버지는 순간적인 나의 행동에 당황하는 모습이었다.

"할아버지 술 너무 많이 드셔서 이젠 안 돼요. 저랑 같이 커피 한잔 드시면서 얘기 좀 해요~!"

막걸리 대신 캔 커피 두 개를 사서 할아버지를 모시고 편의점을 빠져나왔다. 투덜대시던 할아버지는 나와 함께 집으로 향했다. 혼자 사시는 집안 곳곳이 먼지가 가득 찼고 바닥에도 냉기가 흘렀다. 먼저 할아버지의 마음을 안정시키기 위해 청소를 시작했다. 그리고 그동안 살아오신 이런저런 이야기를 함께 오랜 시간 나누게 되었다. 전에는 항상 주변이 행복하게 시끌벅적했는데 세월이 흐르며 외톨이가 되었다고. 그리고 지금은 술을 마시지 않고는 견디기 어렵다고 말씀하셨다.

할아버지의 진심을 알게 됐고 누군가의 도움이 필요하다는 것을 느끼고 내손1동 주민센터를 통해 여러 가지 지원 물품을 받게 도와드리고 자주 찾아가서 말동무가 되어 주기도 했다.

변화는 그렇게 시작됐다. 매일 술을 드시던 할아버지는 이제 술을 끊으셨고 며칠 전 편의점 앞을 지나가다 우연히 할아버지를 보게 되었는데, 할아버지의 두 손에는 막걸리가 아닌 따뜻한 캔 커피 두 개가 쥐어져 있었다.

"어디가~ 커피 한 잔 마시고 가."

나를 부르는 할아버지의 목소리가 예전과는 다른 느낌이었다. 사람에 대한 작은 관심이 변화를 일으키고 할아버지의 집에 따뜻한 온기가 다시 찾아온 것 같다. 할아버지 오래오래 건강하세요~!

쓰레기 줍는 어르신

평택송화단지 김 준 형

여느 날과 다름없이 세대 하자 보수를 위해 작은 공구 가방을 들고 관리사무소를 나섰다. 살갗을 에는 칼바람이 부는 날씨가 겨울의 절정기임을 온몸으로 느낄 수 있는 1월 초. 단지에서 남이 버린 쓰레기 줍는 어르신을 처음 뵙게 되었다.

검은 비닐봉지를 들고 지팡이를 짚고 불편한 한쪽 다리를 절고 조심조심 걸어 나오는 어르신의 옷깃에 참전유공자 배지가 걸려있었다. 반갑게 인사를 건네자 어르신께서는 의아한 표정으로 누구인지를 물으셨다.

"새로 들어온 관리사무소 직원입니다. 불편하신 것이 있으시면 언제든지 말씀해 주세요."

어르신께서는 조용히 고개를 끄덕이셨다.

검은 봉지가 어떤 용도인지 알게 되기까지는 오래 걸리지 않았다. 어느날 요양보호사의 다급한 전화를 받고 방문한 세대에서는 불편한 몸으로 물이 새는 수도꼭지를 고치고 있는 어르신이 계셨다.

"잘 안 되네."

호탕하게 웃으시는 어르신 주변을 살펴보니 오래된 시설물들을 직접 고친 흔적이 역력했다. 나는 관리사무소에서 필요한 자재들을 다시 준비해 와 작업을 시작했다. 궁금하셨던 건지, 미안하셨던 건지, 도와주시려는 어르신께 작업은 제가 할 테니 집에 걸려있는 훈장에 대해 얘기해 달라고 했다. 어르신께서는 6.25 참전용사이며, 교전 중 관통상을 당해 다리를 쓰기 불편하다고 말씀하셨다. 그리고 담담하게 말씀하시는 살아온 과정. 그 안엔 내가 감히 짐작할 수 없을 고통이 있었으리라 추측할 뿐이었다.

"나랑 같이 싸운 사람 중에 이제 나밖에 없어. 나머지는 다 죽었어. 그러니까 내가 거짓말을 해도 아니라고 말할 사람이 없네. 하하하."

무거운 분위기에 내가 부담스러울 것을 걱정하셨던 것일까. 별거 아니라는 듯 말하는 어르신께 '감사합니다.' 이외에는 할 수 있는 말이 없었던 것 같다. 삶의 마지막을 준비하고 계신다는 어르신께서는 본인은 이제 떠날 사람이지만 남아 있는 사람들을 위해 할 수 있는 것이 쓰레기를 줍는 것이라고 하셨다. 그리고 말속에서 어르신께서 어떤 가치관으로 살아오셨는지 엿볼 수 있었다.

작업을 마치고 나오는 길. 현관 앞에 걸려있는 검은 비닐봉지 뭉치와 담겨 있는 쓰레기를 보며 경건한 마음으로 인사를 드리고 나왔다.

"감사합니다."

2020년 겨울 처음 만난 쓰레기 줍는 어르신은 2022년 봄이 오는 날. 아직도 본인이 하신 말씀을 지키고 계신다.

101호 아저씨

어느 해 가을, "소장님 101호가 드디어 계약되었습니다."

계약 담당 직원이 즐거워한다. 보통 1층 세대는 겨울에는 춥고, 여름에는 덥고, 사생활 문제로 계약이 잘 안 되어 장기간 미계약 세대로 남아 있는 경우가 많기 때문이다. 그랬던 101호가 오늘 계약되었다. 계약자는 노부부 세대, 아저씨는 오래 다니시던 직장을 정년퇴직하신 후 재취업에 성공하신 분이시고 아주머니는 화성시에서 봉사활동도 많이 하시던 분이란다.

그런데 입주 후 관리사무소에 민원이 많으시다. 1층 앞 베란다 화단에는 고층에서 투척 되는 온갖 잡쓰레기, 현관 들어가다 슬쩍 버린 쓰레기, 1층 현관 앞에 흡연자들의 담배 연기 냄새, 버려지는 담배꽁초 등. 뒤 베란다 쪽에는 심지어 대소변까지 1층 사는 게 죄다 하며 불편함으로 계속 민원을 제기하셨다.

1. 공감 더하기 53

관리사무소에서는 이에 대응하여 「앞 베란다에 쓰레기 버리지 마세요!」, 「1층 현관 앞에서 담배를 피우지 마세요」, 「화단에 담배꽁초 버리지 마세요!」 안내문을 제작하여 동 입구 게시판, 승강기 내부에 부착하고 안내방송도 꾸준히 하였다.

겨울이 지나 봄이 되었다. 101호 아저씨는 일찍부터 화단을 열심히 청소하고 쓰레기를 치우셨다. 더운 여름 예쁜 화초들이 하나하나 모습을 보이며 늘어가고 가을이 되자 예쁜 정원이 태어났다. 뒤 베란다 쪽에도 맥문동으로 예쁘게 경계를 만들며 정성스레 가꾸셨다.

입주자들의 쓰레기 투척도 점점 없어지고 작은 정원의 아름다움을 만끽하였다. 예쁘게 자리를 잡은 작은 정원은 아저씨의 손길로 사시사철 예쁘게 꾸며지고 있었으며, 오가며 지나는 입주민들에게 2년여간 행복을 주고 있었다.

다시 찾아온 봄을 맞이하는데, 이상하게 느껴질 만큼 101호 앞의 작은 정원의 화초와 넝쿨이 한없이 자라고 있었다. 한여름이 되자 내 키보다 훌쩍 커버린 화초들은 무성하여 음침할 정도였다. 지나다 들린 101호는 부재이었을 때가 많고 집 전화도 안 받으셔서 핸드폰으로 겨우 연락하였다.

"아주머니 안녕하세요! 관리사무소장입니다! 아니 화단이 영

이상해서 전화를 드렸어요!"

수화기 너머 아주머니는 흐느끼며 말씀하신다.

"소장님 남편이 회사에서 근무 중 쓰러져서 급히 병원으로 후송하였는데 예후가 안 좋아 벌써 몇 달째 병간호 중입니다. 집에는 빨래나 옷 갈아입으러 한 달에 한 번 정도 가요."하신다!

아저씨의 손길이 끊어진 작은 정원은 예쁜 화초들의 모습이 사라지고, 잡초로 무성해져 버렸다. 일단 특단의 조치로 관리사무소에서는 아주머니와 상의하고 잡초들을 솎아내고 웃자란 화초들을 짧게 전지를 하였다.

가을이 되어 돌아오신 아저씨는 거실에 마련된 병상 침대에서 눈만 뜨고 누워계시고, 아주머니는 24시간 병간호에 힘들어하셨다. 아주머니는 아저씨의 손길이 젖어있는 화단을 바라보며 아저씨의 건강 회복을 기도하고 있다.

"힘들지 않으세요?"하고 물으니

"힘들긴 내가 젊어서 남편 사랑을 너무 많이 받았어! 이젠 내가 갚아야지!"

"아, 그러셨군요. 불편하신 것 있으시면 관리사무소에 전화하세요!"하고 안내드리고 동사무소와 복지관에 긴급 복지 지원을 요청하여 드렸다.

주민센터에서는 긴급 생계지원금을 지원해 주셨고, 복지관에서는 한시적 주 1회 반찬 지원을 해주시기로 하였다. 내년 봄에는 관리사무소 직원들과 101호 꽃밭에 사랑을 듬뿍 주어 아저씨가 바라볼 수 있기를 희망하고 있다.

누군가에게는 작은 도움이
큰 행복이 될 수 있다

김포장기1단지 강 형 주

평소 여느 때처럼 사무실에 한 통의 전화가 걸려온다.

"정성을 다하겠습니다. 시설 담당입니다. 무엇을 도와 드릴까요?"

9년 넘게 똑같은 톤과 똑같은 말투로 친절한 건지 무덤덤한 건지 모를 어쩌면 업무에 지친 목소리일지도 모르는 말투로 전화를 받게 되었다.

"안녕하세요, 1**동 3**호 입주자 보호자인데요~."

"아! 안녕하세요?

대충 어떤 상황인 줄 알고는 있지만 그래도 물어본다.

"아. 그게 있잖아요. 기사님."

"아이가 밖에 나가고 싶어 해서 산책을 시키고 싶은데. 좀 도와주시면 안 될까요? 관리사무소에 염치없지만, 또 전화해 봤습니다."

전화하실 때마다 보호자께서는 관리사무소에 미안한지 조용히 부탁한다.

"아! 어머니 괜찮아요. 지금 올라갈까요?"

"아뇨, 한 30분 후쯤 준비하고 괜찮을까요?"

"물론이죠, 어머니 그때쯤 전화 안 드리고 올라갈게요."

"네, 감사합니다."

이런 통화를 이 세대와 항상 같은 전화, 같은 멘트를 주고받는다.

무덤덤한 질문과 무덤덤한 답변, 친절해지고 싶지만 그게 어디 마음대로 되는가. 입주민도 감정이 있는 사람이듯, 관리사무소 직원도 웃고 화내는 감정이 있는 사람인지라 항상 그 말투에서 가식적인 친절을 입에 담는 것이 지치는 날도 있다. 30분 후 세대 앞문에 도착하여 "어머님, 관리사무소입니다. 들어가도 될까요?"

"네, 들어오세요. 준비 끝났어요."

"안녕하세요, 기사님 죄송합니다. 이렇게 매번 연락해서."

"아닙니다. 어머니 그럴 수도 있죠."

"이쪽에요, 우리 아들! 밖에 나가자. 관리사무소 기사님이 도와주시러 오셨어."

장애인에 대한 편견은 없지만 도와주러 올 때마다 이런 생각이 든다. 지체장애로 도와주지 않으면 하루도 살 수 없는 아이, 먹는 것조차 스스로 할 수 없는 저 아이는 무슨 생각으로 살고 있을까? 이 집에 들어서면 제일 먼저 내 머릿속에 이런 생각들이 스쳐 지나간다.

"어머니, 저번처럼 제가 상체를 잡을 테니 어머니는 다리를 들어 올리세요."

"준비하시고. 하나. 둘. 셋."

휠체어에 아이를 무사히 옮기고 나는 관리사무소에 다시 돌아와 이런저런 일을 마무리한다.

몇 시간 후, 세대 보수를 마치고 사무실로 돌아가는 길.

"기사님! 우리 종철이가 활짝 웃고 있어요. 밖으로 나와서 시원한 바람에 꽃과 나무를 봐서 기분이 좋은가 봐요. 감사합니다! 기사님!"

그 순간 난 그 아이의 얼굴을 쳐다보게 되었고 활짝 웃는 얼굴로 자신의 눈이 확인할 수 있는 모든 곳을 쳐다보며 천사같이 해맑게 웃고 있었다.

나는 한동안 서른 살 종철이가 집으로 돌아가는 뒷모습을 잠시 멍하게 쳐다보고 있었다. '아. 내가 너무 무덤덤해진 거구나. 작은 도움으로 저 아이는 잠시나마 세상과 소통할 수 있는 거구나. 잠시 내 입가에 짧은 미소가 지어졌다.

작은 관심과 배려는 입주민의 행복

부천춘의단지 유 난 희

민원이 국민 신문고에 접수되어 LH로 이관되었다. 위층에서 시끄럽게 하여 살 수가 없고, 하루가 멀다하고 찾아와 협박해 무서워서 하루하루가 불안하니 집을 바꿔 달라는 민원이었다. 코로나로 사람들이 외부활동을 자제하고, 집에 있는 시간이 많다 보니 층간소음 민원이 비일비재하고, 이로 인한 갈등이 점차 심해져 사회문제로 대두된 것은 어제오늘 일이 아니다. 그럴 때마다 집을 바꿔 줄 수 있는 실정이 아니어서 직접 찾아 나섰다.

초인종을 누르니 강아지가 짖기 시작한다. 빼꼼히 열린 문틈으로 60대로 보이는 여성이 헝클어진 머리를 하고 내다본다. 얼굴과 몸은 부은 것 같이 푸석푸석 건강이 정말 안 좋아 보인다.

"안녕하세요. 관리사무소장입니다. 처음 뵙겠습니다. 민원 때문에 왔습니다." 하니 그때서야 경계를 풀고 문을 활짝 열어준다. 자리를 잡고 앉으니 너무 힘들다고 하소연이 시작된다.

"소장님, 제가요. 담배를 끊은 지가 6개월이 지났는데 화장실에서 담배를 왜 피우냐고 위층 아들이 따지러 왔지 뭐예요. 담배 연기 때문에 살 수가 없다고, 화장실이나 베란다에서 피우지 말라고 하면서 소리치며 갔는데 그 이후로 쿵쿵거리고, 새벽에도 소리 때문에 살 수가 없어요. 혼자 사는 여자라고 무시하는지, 아니라고 하는데도 믿지 않고 일부러 쿵쿵거리는 거예요. 집 좀 바꿔 주세요. 이대로 가다가는 죽을 것 같아요." 하는 것이다.

그리고 위층에서 소리가 날 때마다 이층침대로 올라가 자기도 발로 천정을 찬다는 것이다. 그렇다 보니 서로에 대한 감정이 극한까지 치달아 악만 남으셨는지 위층 아들과 아줌마는 잦은 다툼을 하기 시작했다.

원래부터 우울증 증상이 있었는데 이 일로 더욱 악화하여 불면증으로 인해 더 예민해진 것 같았다. 아이를 세 명 낳고, 셋째 돌도 안 되어 남편이 집을 나가 버리고, 생활이 어렵다 보니 이 일 저 일 안 해본 일이 없을 정도로 몸을 혹사해, 50대 중반인데도 관절이 다 나가 안 아픈 데가 없고, 치아 역시 치료를 제때 못해 다 삭아서 녹아내려 씹어 먹지도 못하는 실정이다.

교도소에 있는 아들 걱정, 중학교 때에 락스를 마셔 죽으려 했던 둘째 딸. 몸이 약해져서 일도 못 하고 남자와 동거 중인데 임신도 안 되고, 돈이 없어 결혼식도 못 하고 동거 중인 첫째 딸. 얘기만 들어도 가슴이 답답하고, '이렇게 애처로운 삶이 또 있을까?' 눈시울이 붉어졌다. 이런 상황이다 보니 자살을 시도하려 도구까지 사다 놓으셨다고 이야기를 무덤덤하게 하시는데 세상에 미련이 전혀 없는 듯 힘없는 눈빛은 공허했다.

지체하면 큰일 나겠다 싶어, 부랴부랴 위층 아들과 엄마를 만나 아래층 담배 연기가 바로 위층으로 올라오는 것이 아니라는 것을 이해시키고, 아래층 입주민이 건강 악화로 인한 신경쇠약 증상이 있어 예민하시니 바닥에 소음방지 매트 설치와 생활소음도 최대한 조심히 해달라고 당부드렸다. 이런 조치와 함께 자살예방센터에 상담을 신청하고 사례관리대상자로 등록시켜 매년 병원비 지원을 받을 수 있게 하고, 정기적으로 관리자가 방문하여 상담할 수 있게 되었다.

민원인을 주민센터에 모시고 가 좀 더 혜택을 받을 길을 알아보았으나 남자와 동거 중인 첫째 딸하고 주민등록이 같이 되어 있어 더 받을 길이 없었다. 아파트 계약자인 첫째 딸한테 연락하여 혼인신고를 하고 어머니에게 명의변경을 하면 수급자 혜택을

받을 수 있다고 안내해 드렸다. 그리고 몇 번을 방문하여,

"힘든 삶에서도 아이들을 위한 어머님의 희생은 대단하셔요. 아이들이 표현을 잘하지 못해서 그렇지 그런 엄마를 정말 사랑할 거예요."하니 뿌듯하게 웃으셨다.

"맞아요. 아이들이 다 착해요. 전화금융사기에 연루돼 교도소 간 막내아들도 엄마밖에 몰라요."라고 하시며 우셨다.

"그런 아이들을 두고 나쁘게 마음먹으시면 아이들 가슴에 못 박는 거니까 절대 그런 생각하시면 안 돼요. 그리고 아이들 결혼하고 손주도 보시고, 이제 좋은 일만 있을 거예요."

"소장님 감사합니다. 이렇게 따뜻하게 대해 주시고, 단지에 홍보된 '1393 자살예방센터' 보면서도 전혀 연락할 생각조차 못 했는데 정말 감사해요."하며 또 우신다.

지금도 가끔 카톡으로 '잘 지내고 계시죠. 치료도 잘 받으시고, 오늘도 파이팅 하시고 활기찬 하루 보내세요.'라고 안부 문자를 보내드리면, 예쁜 하트 이모티콘으로 잘 지내고 있음을 알린다. 그리고 가끔 지나가다 들리셔서 차 한 잔 드시며 활짝 웃는 미소를 보여 주신다.

알코올 중독자의 놀라운 변화

인천지사마이홈센터 강 훈

햇볕이 강하게 내리쬐어 움직임조차 더딘 7월의 무더운 어느 날. 서해 5도의 최접전 지역인 백령도에 새로 입주한 단지로 인사발령을 받아서 분주히 움직이다가 간간이 작은 실바람이 불어오면 저절로 입을 크게 하고 호흡을 길게 들이마셔 맑은 행복을 맛보곤 했다.

주거행복지원센터(관리사무소) 밖에 있는 기구 물품을 나르던 중 저만치서 건장한 분이 건축 현장에서 일하며 입는 여름용 망사 조끼 주머니에 막걸리를 양쪽에 넣고 오른손의 술병에 든 술을 마시면서 걸어오는 것이다. 술 드시는 민원인을 많이 대해봐서 이젠 긴장감이 없을 거라 믿었지만 역시나 현실은 녹록지 않았다.

"안녕하세요! 이번에 옹진 백령단지 아파트에 근무하게 된 관리사무소장입니다."하며 먼저 웃음으로 다가갔다. 다행히 술에 취해 있으면서도 "아이고, 소장님 여기 백령도까지 오시느라 고생 많았네요."하며 인사를 건네주셨다. 비틀거리면서도 "여기 백령도는 아주 살기 좋아요. 내 나중에 하수오 캐서 소장님 하나 드릴게." 하시며 다른 손에 든 하수오를 보여 주기만 했다. 백령도 자연산 하수오는 술에 담가 약 40~50만원에 거래되는 귀한 약재라서 말씀만이라도 고마웠다.

백령도 가을은 정말 육지의 어느 가을보다도 비교가 되지 않을 만큼 아름다웠다. 맑은 공기뿐 아니라, 바다 또한 서해답지 않게 짙푸르고 투명한 파란 하늘색처럼 깨끗하다. 북한을 향해 설치된 철책이 가을풍경의 장관을 일일이 막아내지는 못했다. 아직 둘레길은 만들어지지 않았고 신호등이 없어 거침없이 달리는 자동차와 함께 조심스레 걸어야 하는 위험도 있지만, 가을 길을 걷는 관광객이나 운동하는 사람들을 보면서 나를 찾아오시는 손님들에게 "백령도의 가을 길을 저렇게 걸어 다니시는 분은 지금 세상에서 가장 행복한 사람일 겁니다."라고 자신 있게 설명해 드리곤 했다.

그런데 이 조용한 평화를 깨는 분이 있다. '휴~ 시작이군!'

언제 시작했는지 괴성과 욕설이 진촌1리와 아파트 단지의 조용한 일상을 깨운다. 늘 그랬듯이 메뉴도 잘 안 바뀐다. 이미 아래 음식점에서 소주 2병 정도는 마셨을 테고, 막걸리 2병과 8천 원짜리 통닭과 담배를 넣은 비닐봉지가 떨어질 듯하면서도 신기하게도 안 떨어뜨리고 비틀거리면서 걷는다. 취권의 고수처럼. 그 입주자는 1차 관문인 지구대에서 한바탕하고, 역시나 한국 사람은 2차 문화! 2차 관문지는 관리사무소!

잠시 업무를 중단하고 민원 응대의 가장 강력한 무기인 커피 믹스를 준비해 늘 앉던 의자에 놓고 응대를 시작하면 된다.

입주자는 하루 주량이 소주 2병과 막걸리 약 5~6병 정도이다. 술기운이 떨어질라치면 고개 너머 저 아래로 내려가서 많이도 안 사고 1~2병을 사 와서 먹고, 떨어지면 비틀거리면서 또 사 온다.

"아니 한 번에 많이 사 오세요, 힘드시잖아요."

술을 드시지 말라는 얘기는 이젠 권하지도 않는다.

"한 번에 많이 사 오면 맛없어, 막걸리는 싱싱해야 해."

집에 냉장고가 있는 걸 알면서도 술에 취한 입주자의 논리가 민원에 지쳐가는 어지러운 내 머리에서는 생각 없이 묘하게 인정이 된다.

가끔 술에 취해 인사불성이 되면 힘든 일도 많다. 몸을 가누지도 못하고 도로 한복판에 있는데, 함께 근무하는 직원과 집안으로 모셔다드리는 것도 만만찮고 토한 음식물은 덤이다. 그리고 통닭집에서 직원과 시비가 붙어 간신히 말린 적도 있었고, 커피숍에서 일하는 분과 몸싸움을 벌여서 지구대에 가서 상황 설명도 해드렸고, 강아지 분실 민원 때문에 높은 언성이 오가기도 했다.

회사에서 주거복지 업무를 맡아 운영하면서 관심과 열정이 넘쳤지만, 그 입주자가 술에 취해 민원을 일으키는 일은 정말 너무도 지치고 힘들었기에 회의감마저 들게 했다. 이렇게 힘든 회사생활이 있을까? 우리가 과연 이런 형태의 업무를 이겨내야 하는가 말이다.

그런데 같이 부대끼고 지내다 보니 정이 들었는지 나이가 5살 정도 위인데도 서로 친한 친구가 되어 있었다. 같이 저녁도 먹고 (물론 술 먹으면 안 간다고 싸워보기도 했지만 이길 수는 없었다) 바닷가에 가서 미역, 다시마, 삐투리(소라의 일종), 홍합, 삿갓조개 등이 많이 있는 곳에 데려가 주었고, 산에서는 약초며 칡도 같이 캐곤 했었다. 쉬는 날이면 해안 도로를 거닐면서 운동도 같이하는 좋은 친구가 되었다. 내가 늘 그를 '사부님'이라고 불렀고(약초나 해초류를 잘 알고 있어서), 사부는 나를 '발바리 소장'이라는 애칭까지 지어주었다. 내가 걷기운동을 좋아해서 발바리처럼 이리저리 잘 돌아다녀서 붙여준 거다.

바닷바람이 잔잔히 불고 풋풋한 봄 냄새가 나던 어느 날 고봉포구 쪽 바닷가를 같이 걷던 중 갑자기 "발바리 소장 고마워."

"네? 뭐가요?"

"백령도 사람들은 내가 술을 먹고 길바닥에 눕고 난동부리고 씻지도 않으니까 나를 좀 아래로 보고 거리를 두는데 발바리 소장은 나랑 밥도 먹고, 같이 운동도 하고 얘기도 해주니까 고마워. 나랑 같이 다니면 소장도 이상하게 볼 텐데 말이야."(사부는 어딜 가도 나를 소개할 때 관리사무소장이라고 소개해 주었고 소장같이 높은(?) 사람이랑 같이 다니는 걸 자랑스러워하는 것 같았다.)

순간 울컥했다. 고마웠다. '아…. 본인의 행동에 대해서 자각을 하고 있었구나. 알코올 중독에서 벗어날 수도 있겠구나, 이길 수도 있겠구나' 하고 말이다.

그는 13년 전에 부천에서 작은 사업을 하다 자금 문제로 폐업을 했고, 그 일로 배우자와 이혼하고 자녀들과도 연락을 거의 끊고 백령도에 건축 일용직을 하러 왔다가 정착하게 되었다는 사실을 말해주었다. 하루 벌어서 하루 쓰고, 겨울철 3개월 동안은 일이 없어서 술을 더 먹게 되는 힘든 인생을 반복하면서 스스로 몸과 정신을 망가뜨려 살아왔던 거였다. 그 긴 인생에서 조그만 단추 하나가 안 맞았을 뿐인데, 그 힘든 순간만을 이겨내지 못했을 뿐인데 삶에서 모진 회초리를 맞았다.

사실 김사부는 술을 잘 이기지는 못하는 단점은 있지만 부지런함이 있어 진작부터 안정적인, 정기적인 일을 찾고 있었던 걸 나중에 알았다. 요즘 젊은 사람, 평범한 사람들은 '제대로 된 직업'을 구하는 데 반해, 김사부는 돈이 적더라도 남들이 꺼리는 직종을 가리지 않고, '정기적으로 일할 수 있는 직업'을 구하고 있는 소박한 삶을 살고 싶어 했던 입주민이었다. 이러한 본인 생각을 알게 된 이후부터는 더 친하게 지내면서 끊임없이 음주 자제를 권유했다. 보건소와 연계해서 알코올 중증 상담도 주기적으로 받도록 했고, 집 안 청소며 어려운 부분이 있으면 같이 했다. 그렇지만 또다시 술 민원 때문에 언성이 높아지고 싸우기를 반복하는 건 어쩔 수 없었다.

그런데 정말 믿기 힘든 일이 벌어졌다. 술 민원 때문에 언성이 높아지고 싸워서, 한동안 사이가 서먹해진 작년 8월부터 내가 백령도에서 나온 지금까지 본인 자신의 의지로 술도 안 먹고 있다고 한다. 하루에만 6~7병을 드시던 분이 술을 자제하고 있다니 말이다. 그리고 백령도 군부대 일용직 모집에 이력서 제출하는 노력도 하고 있고, 주변 사람들과도 다투지 않고 있다고 한다. 이런 반가운 소식을 듣고 다시 연락해보게 되었고, 아직도 '발바리 소장', '사부'라 호칭하며 연락하고 지낸다.

삶의 끝자락에서 마주한 가족애!

인천만수9단지 김 후 진

　한산한 오후 화재경보와 함께 이어지는 전화벨 소리! 수화기 너머로 아주머니는 화장실 환풍구에서 연기 냄새가 심하게 올라온다며 점검을 요청하셨다. 순간 화재임을 직감하고 해당 동 가스 밸브를 차단 후 9**동 4층으로 쏜살같이 달렸다. 119에 연락 후 한눈에 보아도 작은방 창문에서 연기가 새어 나오는 걸 확인할 수 있었고 그 창문 안에는 입주민 최만수씨가 부채질하는 모습이 눈에 들어왔다.

　현관문을 개방하여 확인한 결과 최만수씨는 부부싸움으로 자살 충동을 느껴 화장실에 번개탄을 피워 자살 시도를 하였으나 겁이 나서 포기하고 화재진압을 위해 물을 부어가며 부채질을 하고 있었다. 먼저 최만수씨가 일산화탄소에 중독되었을 가능성을 염두에 두고 밖으로 피신시킨 후, 간단히 화재진압을 하였고,

곧이어 119구급대원이 입주자를 병원으로 이송하는 동안 배우자에게 연락하여 현재 상황을 알린 후 병원을 안내해 드렸다.

배우자는 남편이 코로나로 인한 경기침체로 실직을 하고 일용직으로 일하다가 그마저도 술 때문에 결근하는 날이 많아 늘 싸우기 일쑤였다고 말씀하셨다. 술 때문에 딸하고도 연락도 끊고 살더니 이젠 별짓을 다 한다고 짜증 섞인 푸념을 할 뿐이었다.

며칠 후 우리는 최만수씨를 특별관리 세대로 지정하였고, 몇 차례의 전화 연락에도 시큰둥하게 괜찮다고 하신다. 그 사건 이후 배우자를 통해 최근 어떻게 지내시는지 여쭤보니 이대로는 안 되겠다 싶었는지 코로나 여파로 가벼운 우울증 증세와 불안 증세를 없애기 위해 주 1회 정신과 진료를 받고 있고, 지금은 금주를 선언하여 건강을 되찾는 중이며, 일용직이지만 일도 성실하게 다녀 그 전보다는 훨씬 나아진 모습인 거 같다고 배우자분께서 말씀하셨다.

어느 날 최만수씨는 한 손에 음료수를 들고 관리사무소를 방문하여 "고마워요. 내가 잘못 살았어. 아내한테도 잘못하는 게 많아. 딸이 하나 있는데 오해 때문에 인연 끊고 산 지 오래됐어. 그런데 병원에 부인하고 딸이 같이 온 거야. 불 피운 건 잘못한 건데, 내가 그 덕에 요즘 사는데 참 좋네."

최만수씨의 말에 웃어야 할지 울어야 할지 어리둥절했지만, 가슴 끝에서 밀려오는 뿌듯함은 마치 영웅이라도 된 것 같았고 그 하루는 일하면서도 왠지 모르게 실소가 나오는 하루였다.

얼마나 지났을까. 바쁜 일상 속에 정신없는 나날을 보낼 즈음. 어디선가 큰소리로 "안녕하세요!" 어떤 분이 나에게 인사를 건넸다. '전에 작업 때문에 방문했던 세대였나 보네.' 그렇게 치부하며 간단히 눈인사만 하고 용무를 보고 있는데, 그분께서는 나에게 빠른 걸음으로 오시더니 "저 못 알아보시는구나! 그때 번개탄…."

그제야 나는 그분을 알아보고 "아~~아버님이셨구나. 안녕하세요."

최만수씨는 내가 전에 알던 분이 아니셨다. 최만수씨는 항상 검은 낯빛에 뭔가 그늘이 있던 어두운 분위기였으나, 지금 우리 앞에 서 있는 이분은 완전히 다른 사람이라 해도 믿을 만큼 깔끔한 복장에 얼굴에는 화색이 도는 멋있는 신사로 그 옆에는 20대 중반 정도 되어 보이는 따님과 함께 서 있었기 때문이다.

최만수씨는 그 사건이 삶의 전환점이 되어 일용직은 그만두시고 본인이 잘 할 수 있는 본업으로 다시 복귀하였고, 따님의 추천으로 테니스를 배워 화목한 가정의 가장으로 성실하게 생활하고 계신다고 말씀해 주셨다.

"그때 신고해주신 윗집에도 선물 드렸어요. 살려줘서 고맙다고요. 하하하."

그 호쾌한 웃음 속에 최만수씨가 말을 하지 않아도 그 표정만으로도 나는 무슨 말을 하고 싶었는지 알 수 있었다.

"따님하고 참 보기 좋아요. 아버님. 이제 행복하실 날만 남으셨네요."

인사를 건네는 나에게 악수를 청하시며 "정말 감사드립니다."

모든 것을 함축한 듯한 감사 인사에 왠지 쑥스럽기도 하고 지난날 내가 너무 업무적으로만 대했던 건 아니었는지 한 번쯤 되돌아보게 되었던 시간이었다.

"최만수선생님 다음에 식사나 같이 한번 해요."

"그럽시다. 동생."

나와 최만수씨는 나이와 세대를 떠나 친구가 되었고 앞으로도 난관을 이겨낸 좋은 형을 얻었으리라 믿어 의심치 않는다.

단지 작업을 마치고 관리사무소로 들어오는데 맛있는 냄새가 코를 찌른다. 치킨 2마리와 피자 한 판이 사무실 책상 앞에 놓여있다.

"이거 어느 입주민이 배달 주문했다는데 누가 시켰는지는 모르겠어요."

"응 있어. 내가 잘 아는 형이 시켰을 거야! 그냥 맛있게 먹자."

아이를 찾아주세요!

포천송우4단지 최 성 준

당직 근무를 서던 어느 날이었다. 늦은 저녁을 먹고 잠시 휴식을 취하던 중, 관리사무소 앞에서 웅성거리는 소리와 사이렌 소리가 들려 나가 보았다.

"보호자분! 진정하시고 아이 인상착의와 성별을 알려주세요."

119대원이 아동 보호자를 안심시키고 있었다.

"관리사무소 당직 근무자입니다. 아이가 없어졌나요?"라고 119대원에게 물었다.

"예, 신고를 받고 방금 온 상황인데, 아이가 2시간째 안 보인다고 하시네요."

상황의 심각성을 깨닫고 아이의 성별, 나이, 인상착의를 파악해 안내방송을 한차례 실시하였으며 경비원들과 함께 단지 주변을 찾아보기 시작했다.

자정이 지나서도 아이를 찾지 못하게 되자 더는 지체할 수 없어, 늦은 시간임에도 불구하고 안내방송을 한 번 더 진행하였다.

"관리사무소에서 안내 말씀드립니다. 먼저 늦은 시간 다시 방송하는 점 입주민분들의 양해 부탁드립니다. 아이는 7세 여아이며, 분홍색 반팔 티와 바지를 입고⋯."

다행히도 대부분 입주자분께서 이해해 주셔서 민원전화 한 통 없이 방송을 마무리하게 되었고, 이후 다시 아이를 찾기 위해 단지로 나갔다.

마침 관리사무소 앞에서 마주친 입주자께서 아이에 대해 궁금하셨는지 나에게 물어보았다.

"새벽에 고생하시네요. 아이는 찾았나요?"

"아니요. 119대원들이랑 지구대원들도 아이를 찾고 있는데 아직 못 찾았습니다."

"어린 아이가 어디 갔을까. 무서워서 어디 숨어 있는 건지⋯."

"글쎄요."

"아무튼 고생하세요. 저도 편의점 가면서 어린 아이가 있나 확인해 볼게요."

안내방송 이후 119대원, 지구대원뿐만 아니라 여러 입주자분께서도 없어진 아이에 대해 함께 걱정해 주셨다.

계속되는 순찰에도 아이를 찾지 못하자, 다급한 마음에 119 대원분들과 단지 내 시설물에 아이가 숨을 만한 곳을 찾아보기로 했다. 반복되는 순찰에 지쳐갈 즘, 다행히도 지구대에서 새벽 3시경 단지 밖 사거리에서 아이를 찾았다는 말을 전해 들었다.

　사무실로 돌아와 업무일지를 정리하면서 이번 사건에 대해 많은 생각이 들었다. 입사하고 1년도 되지 않아 일어난 일이라 대처 방법도 매우 미숙했고, 아파트 시설물에 대한 이해가 많이 부족했던 건 아닌가 반성이 되었다.

　만약 시설물에 대한 이해도가 높고, 아이가 있을 만한 곳을 재빨리 찾아봤다면 조금이라도 더 빨리 아이를 찾을 수 있지 않았을까? 하는 아쉬움이 남았다. 이 일을 계기로 아파트 단지 시설물에 대해 폭넓게 파악하고 입주민의 안전을 책임지는 데에 온 힘을 다해야겠다 생각했다. 그만큼 나의 역할과 임무가 막중함을 다시 한번 깨닫게 된 것이다.

천사와 악마 사이

서울번동2단지 서 상 범

2016년 초 서울 번동2단지로 처음 부임했을 때, 관리사무소 직원들 사이에는 우스갯소리로 여기 한 번 들어오면 주변 3개 단지를 모두 근무해야만 탈출할 수 있다는 소리를 들었다. 그런 지도 어언 7년 차.

어느 날 몸이 불편하다며 개인적인 부탁을 자주 하시는 김번동씨 댁을 방문하게 되었다. 통화 너머로 듣던 친숙한 말투는 비슷했지만, 생각했던 것보다 훨씬 더 큰 덩치에 살짝 주눅이 들었다. 요청하신 부탁을 처리해 드리면서, "지금은 저희가 크게 바쁘지 않아서 이렇게 개인적인 일들도 도와드릴 수 있지만, 업무가 바쁘거나 하면 이렇게 신속하게 도움을 드릴 수 없으니, 그때는 양해 부탁드립니다."라고 말씀드렸고, 입주자는 고맙다며 이

해할 수 있다고 하셨다.

하지만 평소 정신지체 장애를 가지고 계신 김번동씨는 본인이 생각한 시간에 일이 해결되지 않으면 관리사무소로 계속 독촉하시는 분임을 이미 알고 있던 터라 추후 민원을 예방하기 위해 재차 김번동씨에게 개인적인 부탁은 처리가 어렵다고 했다. 그 후 운동할 때나 외출하시는 날에는 관리사무소를 종종 들러 개인사와 가족·친구 관계, 옛날에 하시던 일, 그리고 장애가 생기게 된 이야기를 하시며 항상 불편 사항들을 해결해 주어 감사하단 말씀을 남기고 가셨다.

그런데 어느 날, 김번동씨 옆집 아주머니께서 관리사무소에 오셔서 김번동씨 때문에 무서워 거주하기 힘들다는 민원을 제기하셨고, 민원 내용을 들어보니 평소 관리사무소를 들러 환하게 웃으며 대화하던 모습과는 사뭇 달랐다. 복도나 옆집에서 소음이 들린다며 새벽이든 이른 아침이든 아주머니 세대 현관문을 걷어차고 지나가는 주변 이웃들에게 입에 담을 수 없는 욕설로 행패를 부린다고 했다.

우리는 김번동씨 댁 주변에서 소음이 나는지 당직 근무자를 통해 확인해 보았지만 김번동씨가 소음이 난다는 시간에는 어디에서도 소음을 들을 수가 없었다. 간혹, 정신질환이 있으신 분

중 환청으로 소음피해를 호소하는 민원이 더러 있어 김번동씨의 상태가 걱정되었고 정신보건센터와 연계하여 치료를 받을 수 있도록 도와드리고 싶었지만 본인은 아무런 이상이 없다며 치료를 완강히 거부하셨다.

관리사무소에서 김번동씨 치료를 설득하는 동안 옆집과 갈등의 골은 더욱 깊어져 결국 고소까지 진행되었다. 원만한 민원 해결책을 찾기 위해 옆집 아주머니를 동호 변경(세대교체) 진행하였고, 고소는 취하 되었다. 옆집과 민원은 일단락됐지만 주변 이웃들이 김번동씨의 행패로 힘들다는 민원은 계속되었다.

그래도 나는 김번동씨의 개인적인 부탁을 자주 들어 주어 친분이 있다고 생각되어 일주일에 1~2회 김번동씨와 대화를 통해 소통을 해보았고 그 결과 이웃들과의 싸움 빈도가 상당히 줄었고, 해당 동 민원도 차츰 줄어들게 되었다.

민원 해결차 입주자를 만나게 되는 어떤 날은 천사처럼 따뜻하게 대해 주셨다가, 또 어떤 날은 악마처럼 난폭해지는 모습을 보니 상당히 안타까웠다. 대화 상대도 없고 마음을 잘 열지 않으셔서 점점 사회와 단절된 삶을 살고 계신 건 아닌지, 정신적인 문제가 더 악화되진 않았는지 걱정이 앞섰다.

그 입주자가 전문적인 치료를 통해 좀 더 세상과 소통하는 삶을 살아갈 수 있도록 도와드리고 싶은 마음이 절실해졌다.

2. 응원 더하기

당신의 삶을 응원합니다!

부산울산지사 주거복지LH협력단 박 상 진

2020년 12월 추운 겨울. 두서면 행정복지센터 요청으로 비주택 거주자 상담차 대상자를 만나러 갔다. 그곳은 두서면에서도 비포장 산길을 한참 운전해서야 찾을 수 있었다. 전기도 없고, 물도 없는 비닐하우스 안은 춥고 어두웠다. 비닐하우스 주변은 태풍으로 토사가 흘러내려 위험해 보였고, 그곳에서 생활하시는 60대 아저씨의 얼굴은 많이 지쳐 보였다. 추위와 외로움에 지친 아저씨는 기력이 없으신지 목소리에도 힘이 없었다. 전기가 없어 어두운 탓에 우리는 바깥 평상에 앉아 상담을 진행했다.

"안녕하세요. 저희는 주거복지 LH협력단 울산사업소에서 나왔습니다. 여기서 생활하시기 많이 불편하시죠? 저희가 이주를 도와 드리려고 왔습니다."

"네네~, 나는 여기서 나가고 싶어요."

"전기도 없고 물도 없고 겨울이 너무 힘들어요. 내가 젊었을 때 건축일을 해서 잘 나갔는데…. 휴~ 다 내 잘못이지~. 다 내가 잘못해서….”

아저씨는 긴 한숨을 내쉬고는 힘없이 말끝을 흐리셨다.

"내가 고혈압에, 당뇨에 병원 다닐 일밖에 없어요. 신장이 망가져서 혈액투석도 해야 하고 그 전에 시술해야 하는데 경주까지 다니려니 깜깜한 새벽에 혼자 이 산속을 내려가는데 내려가다 보면 별생각이 다 들어요.”

그렇게 시작한 상담으로 우리는 이주 지원 상담과 이주 지원 신청까지 하루하루 바쁘게 절차를 밟아갔다. 그렇게 추운 겨울이 지나가고 아저씨는 따뜻한 봄날 드디어 길고 긴 산속 생활을 접고 동구의 주공아파트로 이주를 하셨다.

"어르신~, 이주하시고 잘 지내시는지 저희가 또 찾아뵐게요.”

"아~네. 네. 언제든 오세요. 너무 감사합니다. 너무 감사해요.”

21년 5월 초기정착 상담을 위해 아파트를 방문했다. 방문 약속 시간에 맞춰 아파트 복도를 들어서는데 아저씨가 복도에 나와 우리를 기다리고 계셨다.

"왜 나와 계세요?”

"날씨도 좋고 기분도 좋아서 언제 오시나 궁금해서 나왔어요.”

"어서어서 들어갑시다."

"우와~ 집이 너무 깨끗하네요. 정말 깔끔하신가 봐요."

아저씨의 깔끔함이 들어서는 입구부터 우리를 미소 짓게 했다.

현관에는 신발들이 가지런히 정리돼 있고, 주방에서는 딸각 딸각 압력솥에 밥을 짓고, 베란다에는 이불 빨래가 널려 있었다. 늦은 점심을 위해 손수 밥을 하시고 깔끔하게 청소해 놓은 방안은 온기로 가득했다. 깨끗한 집안과 환한 아저씨의 얼굴에는 예전의 지친 모습은 찾아볼 수가 없었다.

"나는 지금 너무 좋아요. 따뜻한 방에서 이렇게 지낼 수 있다는 게 너무 좋고, 또 정말 고맙고 너무 감사하고…."

아저씨는 몇 번이고 감사 인사를 하시고는 눈시울을 붉히셨다.

"네~, 어르신~ 저희도 너무 좋아요. 많이 고생하셨는데 잘 지내시니 맘이 놓이네요. 병원을 자주 가셔야 하는데 장거리 진료보다 인근 병원으로 옮기시는 건 어떠세요?"

"네네~. 어디든 선생님이 알려주시면 가지요. 나는 병원이 어디 있는지도 모르고 어디다 알아봐야 하는지 몰라서."

"네~, 저희가 안내해 드릴게요. 걱정하지 마세요."

그렇게 인근 병원에 혈액투석 가능한 곳을 안내해 드리고 반찬 지원 서비스도 연계해 드려서 아저씨는 이틀에 한 번씩 혈액투석을 하게 되었고 반찬도 지원받고 계신다.

지치고 힘든 투병 생활도 꿋꿋하게 잘 이겨나가고 계신 모습에 나는 가슴이 뭉클해졌다. 이렇게 좋아하시고 잘 지내시는 모습을 보니 내가 더 감사했다. 춥고 외로운 시간을 잘 이겨내고 자신을 돌볼 수 있는 시간을 가지게 된 아저씨를 위해 작은 도움이라도 드리고 싶은 마음으로 지금도 정착지원 상담을 이어가고 있다.

아직도 누군가는 자신의 처지를 비관하고 도움의 손길조차 거부하며 혼자 외롭게 살아가고 있겠지만, 우리의 관심과 노력으로 그분들이 따뜻한 삶을 살 수 있다면 끝까지 최선을 다해 상담해 드리고 지원해 드리고 싶다. 아저씨의 온화한 얼굴과 미소가 오래도록 내 기억 속에 남을 것 같다.

"힘내세요. 아저씨! 저희는 당신의 삶을 응원합니다."

"100세 이상 어르신 장수 잔칫상" 행사1호

인천연수1단지 조 종 완

2012년 11월 초, 사무실 문을 힘겹게 열고 들어오시는 할머니를 보았다. 휴. 긴 한숨을 내쉬며 민원대에 기대어 가쁜 숨을 몰아쉬고 계셨다.

"할머니 무슨 일이세요? 무엇을 도와 드릴까요?"

"젊은이 나 잠깐 숨 좀 쉬고"라고 말씀하셨고, 잠시 후 가방에서 두툼하게 담긴 흰 봉투를 내밀었다.

"아~ 할머니 계약하러 오셨어요?"

"서류가 맞나 봐 드릴게요."

"할머니의 서류 맞네요. 도장이랑 신분증 좀 주세요."

할머니 계약서를 꺼내서 확인하는데 생년월일이 1912년 1월 8일생이라는 걸 보는 순간, 계약서에 오타가 있나 싶어 할머니

88 임대주택 관리사무소 이야기

신분증을 재차 확인하고, 기존 계약서 봉투, 등본, 가족관계증명서를 또 확인해 봐도 1912년생 올해로 100세셨다.

100세 어르신을 TV나 신문 등 매스컴을 통해서 봤지 내 앞에서 눈으로 마주하긴 처음이라 나도 모르게 당황스럽고 존경스러워서 자리에서 벌떡 일어나 인사를 건넸다.

"할머니 안녕하세요?" 인사를 하면서도 나는 재차 확인했다.

"박장수 할머니 본인 맞으시죠?"

할머니가 작고 나지막한 목소리로 "그래요." 그리고 계약을 마무리했다.

계약을 끝낸 후 할머니는 동사무소에 다녀온 기력이 회복되지 않은 듯 자리에 쉽게 일어나지 못하고 한참을 앉아 계셨다.

"할머니 자녀분들은 자주 찾아오시죠?"

"말 마요. 나 자식 없어."

그 이야기를 듣는 순간 나는 가족관계증명서를 확인하고 말을 이어갔다.

"할머니 따님이 세 분 계시는데 안 찾아오세요?"

"저 살기 바쁜데 나한테 뭘 와…."

"할머니, 뭐 좋아하세요? 드시고 싶은 거 없으세요?"

"난 그런 거 없어. 젊은이 말만이라도 고맙네. 누가 나 같은 늙은이를 챙기나?

"할머니 다른 데 가시지 마시고 여기서 잠깐 쉬고 계세요."

나는 단지 내 상가에 있는 슈퍼로 급히 달려가 추천받은 홍시를 사 왔다.

"할머니, 홍시가 달대요. 가셔서 입맛 없을 때 한번 드셔보세요."

"젊은이, 나 이런 거 안 받아."

"할머니, 이거 얼마 안 돼요. 부담 갖지 마시고 가지고 가세요."

마냥 거절하시는 할머니 손에 과일 봉지를 들려서 먼발치까지 배웅했다. 할머니께서 가시면서 연신 고맙다며 제 손을 잡고 인사를 건넨다. 나는 그런 내가 더 부끄러워 할머니 조심히 올라가세요. 인사를 건네고 사무실로 들어왔다.

그리고 생년월일 확인하고 생신(101세) 때 꼭 찾아뵙고자 컴퓨터 모니터 앞에 메모를 붙여놓았다. 그리고 3개월이 지났고, 할머니 생신날 아침에 출근하자마자 할머니께 전화를 드렸다. 지지직 소리만 날 뿐 통화가 안 됐다. 걱정스러운 마음에 할머니 댁에 달려갔고, 초인종을 눌러보니 할머니 목소리가 들렸다. 아~ 계시는구나 안도의 한숨을 내쉬며, "할머니 저예요. 관리소 직원이요 아시겠어요?"

"아! 그 젊은이 맞네. 무슨 일이야?"

반가워하시는 할머니 손을 붙잡고 방으로 들어가자 뚝배기에 된장찌개를 끓이고 계시고 바닥에는 상도 없이 반찬 한두 가지에 식사하시려는 것 같았다.

"할머니 어제 생신이셨는데 미역국은 드셨어요? 자녀분들은 다녀갔어요?"

"나 생일 없어. 그런 거 몰라?"

"할머니, 제가 생일상 봐 드릴게요. 뭐 좋아하세요."

"그런 거 하지 마."

저번처럼 뭔가 도움받는 것을 또 부담스러워하셨다.

"할머니, 조금 이따가 또 올게요."

"오지 마! 그만 와."

그리고 집 밖으로 나온 내 발걸음이 너무 무거워졌다. 사무실에 도착해서 여직원한테 할머니 생신 미역국을 끓여주고 싶다고 도움을 청하자 흔쾌히 들어주었다.

우리 관리소 직원들은 합심해서 미역국, 과일, 밑반찬도 준비해서 생신상 준비를 마치고 선물 및 세제, 치약 등 생활용품을 한 아름 안고 할머니 댁에 방문했다.

"할머니, 저 왔어요."

"어. 젊은이 오지 말라고 했잖아."

"아니에요. 할머니 아까는 그냥 빈손으로 와서 죄송해서 다시 왔어요."

"할머니, 약소하지만 할머니가 가장 필요로 하는 거 조금 가져왔어요."

"뭐 이런 거 가져왔어. 비싼데. 왜 돈을 이렇게 많이 써. 나 같은 늙은이가 뭐라고."

그리고 눈가가 촉촉이 젖어 든다.

"미역국 좀 끓여 왔는데, 식사는 언제 하셨어요. 지금 상 차릴까요?"

"아니야, 괜찮아. 아까 라면 하나 끓여 먹었어." 이 말에 억지로 권해드리고 싶진 않았다.

"할머니, 그럼 냄비에다 담아 놓을게요. 저녁에 꼭 데워서 드세요. 그리고 장조림이랑 밑반찬도 조금 가져왔으니까 그릇에 담아 놓을게요."

직원 한 분은 음식을 챙기고, 다른 한 분은 방을 이리저리 걸레로 닦고 문지른다. 나는 그사이 할머니께 딸기를 권해드리고 할머니에게 살아온 세월 이야기를 들었다.

그렇게 한참 시간이 흘렀건만 할머니는 그 연한 딸기 한 조각도 베어물지 못하고 손에 들고만 계셨다. 천성이 몸에 배어 도움받는 게 어려워서 그러신지 아니면 치아가 하나도 없어서 잇몸을 드러내 놓고 먹는 게 수줍으셨는지 그렇게 우리가 갈 때까지 딸기를 손에 들고 계셨다.

"할머니, 저희 이젠 그만 갈게요. 다음에 또 찾아뵐게요."

"그러지 마! 그만 와."

할머니는 쌀쌀한 날씨에 문밖까지 나와서 배웅을 하셨다.

"할머니, 이제 들어가세요."

그래도 승강기 입구까지 따라 나오시며 그렇게 감사함을 표현하셨다.

100년의 살아있는 역사이며, 산 증인이신 우리 단지 최고령 어르신의 생일상을 차려 드린 것도 뿌듯하고 100세 어르신을 뵌 것도 영광이었다. 그 이후로 회사에서 '100세 이상 어르신 장수 잔칫상'이라는 행사를 전국에 계신 고령 어르신들을 대상으로 함께 추진한 것도 이일을 계기로 진행된 것 같아 개인적으로 큰 보람을 느낀다.

정자 '앞' 할머니

능곡샘터3단지 최 현 호

　우리 단지 관리사무소에는 비가 오나 눈이 오나 항상 꾸준히
방문하시는 할머니가 계신다. 허리가 안 좋으신 할머님께서는
두 손으로 보행기의 손잡이를 꽉 잡고는 관리사무소 앞 정자로
향하신다. 어떤 날에는 관리사무소 앞 정자에서 다른 입주민 할
머니들과 수다를 떠시거나 어떤 날에는 정자에 앉아 휴식을 취
하신다. 그러다 집에 들어가실 때면 관리사무소에 방문하셔서,
"총각, 우리 집에 TV가 안 나와.", "총각, 세탁기가 안 돼." 마치
안부 인사처럼 관리사무소에 불편 사항을 말씀하신다.

　"할머니, 거동도 불편하신데 오다가 혹여나 미끄러지시면 어
떻게 하려고 그러세요. 집에서 전화 주시면 저희가 최대한 빨리
처리해 드릴게요."

　"아니야. 답답해서 나왔어! 같이 올라가자."

관리사무소를 나와 할머님과 보폭을 맞추어 걸으면서 요즘 건강은 어떠신지 안부를 여쭤보다 보니 어느새 할머님 집에 도착하였다. 늘 그렇듯 익숙하게 들어가서는 TV와 세탁기를 점검한 후 혹여나 다른 곳은 이상이 없는지 꼼꼼히 점검을 해드렸다.

"할머니, 외부입력 또 누르셨어요. 이거 누르시면 좋아하시는 트로트 프로그램 못 보셔요."

"총각이 와서 또 고쳐주면 되지!"

"당연히 해드릴 건데 혹시나 저희가 바로 못 올 수도 있으니, 리모컨 외부입력 버튼에 색깔 종이를 붙여놓을 테니 다음에는 이거 한 번 눌러보세요."

오늘 말고도 이런 일이 몇 번이나 반복이 되니 어떻게 하면 할머님이 외부입력을 누르실 수 있을까 고민을 해본 결과 색깔 있는 포스트잇을 외부입력에만 붙여 드리면 그나마 누르시기 편하시지 않을까 해서 관리사무소에서 챙겼던 포스트잇과 투명 테이프를 꺼내 리모컨에 붙여 드렸다.

"할머니 어떠세요. 여기는 다른 버튼과 색이 다른 거 보이시죠? 나중에 TV 화면이 또 이러면 종이 붙어있는 버튼을 누르시면 되세요."

할머니께서는 고마워하시면서 항상 챙겨주시는 요구르트를 꺼내 직원들에게 건네주며 "고마워, 이거 먹고 가."

"할머니께서 드셔야죠. 저희는 괜찮아요!"

직원들이 손사래 치며 거절해도 할머니는 항상 직원들 양손에 요구르트를 꼭 쥐어주시고 "다음에 부르면 바로 와야 해."라고 하셨다.

관리사무소에서 운영하는 주거복지 프로그램 중 홈닥터(독거노인 밀착 보호 서비스) 대상자에는 할머니도 계셨다. 여느 때와 같이 오늘도 안부 전화를 드리려고 하는데 항상 수신되는 할머님의 핸드폰 수신음에는 '고객께서 전화를 받지 않아 잠시 후에 전화를.'이라는 음성만 들을 수 있었다. 전화를 드릴 때마다 항상 통화 연결이 됐던 할머니께서 전화를 안 받으시니 나도 모르게 불안한 마음이 들었다.

"**1호 할머니가 연락이 안 돼서 세대에 올라가 보고 올게요!"

급하게 관리사무소 다른 직원들에게 말하고 할머니를 찾기 위해 항상 앉아 계시던 관리사무소 앞 정자를 확인하였지만, 보이지 않아 발걸음을 돌려 할머니의 세대도 찾아가 보았다.

항상 열려 있던 현관문이 오늘따라 더 굳건히 닫혀 있는 거 같았다. 초인종을 아무리 눌러보아도 대답이 없어 문에 귀를 대보았지만, 안에서는 어떠한 소음과 기척도 전혀 없이 복도에는 기나긴 침묵만이 할머니의 부재를 알렸다.

관리사무소로 돌아와 비상연락망에 있는 할머니의 아들에게 전화하였다.

"안녕하세요. 관리사무소입니다. 3**동 **1호 할머니가 연락이 안 되는데 상황을 아시나요?"

"아 관리사무소군요. 어머니 몸이 안 좋으셔서 주말에 제가 모시고 왔어요."

"할머니 몸 상태가 많이 안 좋으신가요?"

"어머니 연세가 있으시다 보니 갑자기 건강이 나빠지셔서 제가 모셔야 할 거 같아요. 조만간 제가 방문해서 퇴거 신청을 해야 할 것 같습니다."

아드님과의 전화 통화를 하고 2주가 조금 지난 후, 관리사무소 문이 열리더니 할머니께서 항상 끌던 보행기를 평소보다 좀 더 천천히 끌면서 아드님의 부축을 받아 관리사무소에 들어오셨다. 할머니가 들어오시자 직원들은 하나 같이 의자에 일어나 안부를 여쭤보았다.

"할머니, 몸은 괜찮으세요?"

항상 직원들에게 밝게 말씀하시던 할머니의 목소리 대신 아드님이 대답하셨다.

"어머님이 매우 아프셔서 기억을 지금 못 하는 상태요."

사실 직원들이 2주 만에 본 할머니의 모습은 한 눈으로 봐도

건강이 많이 악화되어 보이셨다. 하지만 좀 더 밝은 얼굴을 하며 한 번 더 안부를 여쭤봤지만, 할머니께서는 마치 직원들을 처음 보는 얼굴처럼 대답하시지 않으셨다.

그 모습을 본 나는 퇴거하시면 이젠 자주 볼 수 없으니 마지막으로 할머니께 "할머니, 건강 회복하셔서 만수무강하셔야 해요. 그리고 나중에는 저희 요구르트 또 주셔야 해요."

이 말을 끝으로 할머니는 아들의 차를 타고 20년간 거주하셨던 단지에서 서서히 멀어져 갔다.

몇 주후 할머니의 상태가 궁금하여 할머니의 아들에게 전화해 보았다.

"안녕하세요. 담당 직원 최현호입니다. 기억하시죠?"

"아예, 안녕하세요."

"할머니 건강 상태는 많이 호전되셨는지 걱정이 돼서 전화 드렸어요."

"아, 어머니 저번 주에 돌아가셨어요."

들려온 소식은 뜻밖에도 할머니의 부고 소식이었다,

이 소식을 들은 나는 한동안 머리에 망치를 맞은 듯 멍한 기분이 들었고, 그동안 할머니와 함께 보낸 시간들이 주마등처럼 스쳐 지나갔다. 친할머니 같던 할머님의 모습이 그리워졌다.

많은 시간이 흐른 지금도 가끔 정자를 지나칠 때마다 할머님
이 앉아 있던 관리사무소 앞 정자를 바라보면, '할머니가 관리사
무소에 자주 방문한 것은 사람이 그리워서 그런 게 아니셨을까'
하는 생각에 잠긴다.

안 되면 될 때까지

제천하소3단지 허 균 행

"안녕하세요! 관리소에서 왔습니다."

현관 앞에서 초인종을 여러 번 누르니 한참 후 현관문이 천천히 열리며 초등학교 저학년 정도의 남자아이가 눈을 비비며 나온다.

"안녕! 관리소 아저씨야. 집에 어른들은 안 계시니?"

"집에 혼자 있어요."라고 대답하는 아이의 모습 뒤로 어수선한 집안 내부가 보인다.

"부모님은 언제 들어오셔?"

"잘 모르겠어요."

문을 닫고 들어가는 아이 모습에서 왠지 어두운 그늘이 보였고, 나는 그냥 지나칠 수 없어 다시금 초인종을 눌러 다시 아이를 불렀다.

"미안한데 잠깐 집안에 들어가 볼 수 있을까?"

"왜요? 음…. 그러세요…."

집안에 들어가는 순간 음식물 썩은 악취와 화장실 냄새가 진동했고, 집안 구석에는 다량의 술병과 쓰레기가 잔뜩 쌓여 있었다.

"밥은 먹었니?"

"아니요."

"엄마는 안 계시니?"

"집에 안 들어오신 지 한참 되었어요."

이런저런 이야기를 나누고 사무실에 들어와 서류를 확인하니 다문화가정인 것을 알 수 있었다. 아버지는 건축 일을 하시는데 아이에겐 크게 신경 쓰지 않아 보였다. 일단 급한 대로 사무실에 있던 라면 1박스와 생필품 몇 가지를 챙겨 아이에게 주었다.

"엄마, 아빠 들어오시면 관리사무소에 꼭 연락달라고 말씀드려…."

사무실에 들어와서 아이 아빠에게 전화하니 전화도 끊긴 상태였다. 다음날 걱정이 되어 다시 방문했고 다행히 아이 아버지가 집에 있었다.

"안녕하세요! 관리소에서 왔습니다. 이제천씨 맞으신 가요?"

"네. 맞아요."

"저하고 잠시 이야기 나눌 수 있을까요?"

잠시 고민하다가 집 안으로 들어오라고 했고 나는 이런저런 이야기를 시작했다. 사실 그 세대에 방문한 이유는 임대료와 관리비 장기 체납으로 부금 독려차 방문을 하게 되었다. 다행히 아이가 집에 없어 여러 가지 집안 사정을 들을 수 있었고, 확인한 것은 이 세대가 다문화가정이며 현재는 아이 엄마가 집을 나간 상태임을 알 수 있었다. 상황이 안타깝지만, 관리비 체납 이야기를 안 할 수 없었다.

"관리비가 많이 밀려서요…. 이른 시일 안에 내셔야 해요…."

"죄송합니다. 요즘 제가 허리 디스크 때문에 일을 하지 못해 돈벌이가 없습니다. 돈이 생기면 빨리 내도록 할게요…."

이야기를 나누고 사무실로 돌아와 업무를 보는 내내 방치되어 있던 아이를 생각하니 같은 또래의 아이를 키우는 부모로서 마음이 편치 않아 도와줄 방법을 찾기 시작했다. 먼저 주민센터에 문을 두드렸고 사회복지 담당자분이 한 시간도 안 되어 사무실을 방문하셨다. 주민센터 담당자에게 현재 상태를 말씀드리고 함께 세대를 다시 방문하여 상담 후 긴급지원이 가능할 것 같다는 이야기를 들을 수 있었다. 먼저 긴급한 아이 돌봄 서비스와 긴급생계지원비를 3개월 동안 지원 가능하다고 했고, 지역봉사

단체와 연계하여 집 안 청소 가능 여부도 알려주시기로 하였다. '정말 감사한 일이다!' 그냥 무관심하게 지나쳤다면 이런 도움이 불가능했을 일인데 혹시나 하는 마음에 문을 두드리니 문제가 조금씩 해결되기 시작했다.

일주일 후 지역봉사단체와 함께 집안 대청소를 시행하였고, 아이는 지역 돌봄센터에서 당분간 돌봄을 받게 되어 마음이 놓였다. 청소 후 세대를 방문하여 흐뭇해하시는 이제천씨를 보며 직원들도 함께 절로 미소가 번진다.

"앞으로 집안 관리에 신경을 써주세요."

"감사합니다, 감사합니다."

5개월이 지나 또다시 관리비가 체납되었고 세대를 방문하였다. 혹시나 했던 불안감은 현실이 되었고 집안 상태는 예전의 모습으로 돌아갔다. 허리 디스크로 여전히 돈벌이가 없었고 긴급지원이 끝나자 다시금 최초의 상태로 돌아간 것이다.

"선생님, 이렇게 다시 예전으로 돌아가면 어떻게 합니까?"

"나도 그러고 싶지 않은데 너무나 속상하고 마음이 아파요."

술에 취해 눈물을 보였다. 건강은 더욱 악화되어 알코올에 의존하며 고통을 견디고 있는 듯 보였다. 우리는 다시금 주민센터를 찾아 지난번 도움을 주신 담당자와 상담 끝에 근본적인 문제를 해결하자는 결론이 났고 기초생활보장 수급자로 등록시켜 경제적인 어려움을 해결하기로 하였다. 하지만 할부로 사들인 자동차가 말썽이었다. 이 자동차 때문에 수급자로 신분 변경이 어렵다는 것이다. 하지만 우여곡절 끝에 지인의 도움으로 자동차를 처분하게 되었고 기초생활보장 수급자의 혜택을 받게 된 것이다.

여러 가지 힘든 일이 거듭 발생하는 상황 속에서 여러 기관과 지역사회의 도움으로 올봄에 허리 디스크 수술을 진행하기로 하였다. 수급자 혜택을 받게 되어 다시금 한 가정이 회복의 길로 들어서게 된 것이다.

백지장도 맞들면 낫다

충주연수2단지 김 연 식

여느 때와 다름없이 직원들과 점심을 먹으러 갔다.

"소장님~, 식사 후에 커피 한 잔하실 수 있나요?"

"네~ 달달한 다방 커피로 한 잔 부탁드립니다."

직원들이 식사 후 사무실로 복귀하고 나는 식당 사장님과 커피 한 잔 하며 이런저런 이야기를 나누었다.

"소장님, 부탁드릴 게 있어서요, 2**동 **1호 아들이 암에 걸려서 수술을 앞두고 있는데 아무것도 가진 게 없어서 병원비 마련이 어려워 도움을 요청하려고요."

이야기를 들어보니 어려운 사정이었지만 이 동네는 다들 어렵게 생활하는 사람들이 부지기수라 그냥 난처할 뿐이었다.

"소장님께서 지역사회보장협의체 활동도 하시고 발도 넓으시니, 이렇게 도움을 요청합니다."

난 대수롭지 않게 생각하고 알아보겠다고 말은 했지만 난감함을 어찌할 수 없었다.

며칠이 지났을까, 복지관장과 도움을 주는 방안을 모색하게 되었으나 마땅한 후원자가 나타나질 않았다. 그래도 지속해서 방안을 모색하였고, 지역사회보장협의체와 주민센터 동장님과 여러 차례 회의를 거쳐 기금 마련을 통해 수술 비용 일부와 필요한 물품 지원 방안을 찾았다. 또한, 아이가 퇴원하면 관리소에서 도배와 장판을 지원해 주기로 했다. 기쁜 소식을 전해드리러 식당 사장님을 찾아갔다,

"사장님, 좋은 소식을 전하러 왔어요. 여기저기서 도움을 줄 수 있을 것 같아요. 일단 퇴원할 수 있도록 조치하시고…."

사장님의 낯빛이 안 좋았다. 한참을 멍하니 계시더니 슬픈 소식을 전했다. 김연수씨 아들이 암 투병 끝에 사망했다고, 어린 나이에 하늘나라로 갔다는 소식을 전해 듣고 난 한참을 멍하니 하늘만 쳐다보았다. 여러 날 회의를 거쳐 도움을 주고자 했던 일들이 주마등처럼 스쳐 지나갔다. 소식을 접한 단체에서도 슬픈 소식에 놀람을 금치 못하였다. 그동안 노력이 물거품처럼 사라진 것이다. 모두의 간절함을 뒤로하고 암 치료 중 어린 아들을 하늘나라로 보내고 슬퍼하는 아버지를 위로해 주었다.

"소장님, 정말 감사드립니다, 여러모로 도움을 주시려고 노력해 주셨는데 이렇게나마 감사의 인사를 전합니다. 저의 아들도 하늘나라에서 소장님의 노력에 감사할 겁니다."

나의 손을 꼭 잡으시고 감사의 표시를 하면서 오갈 데 없다고 신세 한탄을 하셨다. 아버지에게 갱신계약기간 동안 거주할 수 있도록 안내해 드리고, 주민센터에서 수급자로 신분 변경을 할 수 있도록 회의를 진행하는 중이며 다방면으로 도움을 주겠노라고 약속했다.

살기 위한 노력이 아닌
살리기 위한 노력

아산읍내단지 오 희 석

2019년 여느 날 평소와 같이 업무를 보던 중 한 여성분이 다급한 표정으로 관리사무소에 방문하였다.

"안녕하세요. 무엇을 도와드릴까요?"

"저희 어머니와 연락이 되질 않아 방문 드렸어요. 혹시 도와주실 수 있을까요?"

우선 우리 아파트는 영구임대아파트로 독거노인 세대가 대부분이고, 장애인과 기저질환 환자분들이 많이 거주하고 있다. 그런 이유로 혼자 집에 계시다가 '고독사'하는 분들이 꽤 많다.

우리는 혹시나 하는 마음에 다급히 직원과 함께 세대에 올라갔다. 세대 앞에 도착해서 문을 두드리고 인기척을 살펴보았다.

그런데 집 안에서 샤워기 물소리 같은 게 들렸다.

"선생님 어머니께서 지금 샤워하고 계셔서 전화벨 소리를 못 들으셨나 봅니다. 조금 기다려 보는 것이 좋을 것 같습니다."라고 말하고, 한 10여 분이 지나도 똑같은 물소리가 들려 뭔가 이상한 기분이 들어 따님에게 동의를 구하고 현관문을 강제로 개방했다. 문을 열고 들어가 보니 화장실에서는 물소리가 계속 들리고 조명도 켜 있어 아직도 씻고 계시는 줄 알았다. 계속 인기척이 들리지 않아 문을 열어보니, 이런!

화장실에 할머니가 쓰러져 계셨다. 황급히 따님한테 "먼저 119에 신고하세요."라고 말하고 직원과 나는 할머니의 의식이 없다는 걸 확인했다.

바로 밖으로 조심스레 옮기고 심폐소생술을 진행했다.

"하나 둘 셋 넷 …"

호흡 확인 후 다시 심폐소생술을 하고 조금 후에는 119구급 대원하고 통화하면서 구급대원의 구호에 맞춰 심폐소생술을 진행했다. 10여 분 정도 심폐소생술을 진행하는 도중, 갑자기! 할머니께서 크게 숨을 내뱉으셨다.

와! 진짜 그때 그 순간 너무 소름이 돋았다. 심폐소생술로 사람을 살릴 수 있다는 게 믿어지질 않았다. 할머니의 의식이 돌아오고 나서야 119구급대원이 도착하여 다시 한 번 할머니 건강 상태를 체크하고 응급조치를 하고 난 뒤 구급대원과 함께 병원 으로 이송되었다. 그 후 나는 사무실로 돌아와 소장님께 보고하 고 업무로 복귀했다.

　며칠 뒤, 사무실로 한 통의 전화가 왔다. 그 할머니의 따님이 셨다.

　"그때 도와주셔서 정말 감사했습니다. 이 은혜 잊지 않겠습니 다."라고 감사의 인사를 전해주었다.

　"당연히 그 상황에서는 누구나 똑같이 했을 것입니다. 할머니 건강 상태는 어떠세요?"

　따님께서는 아무 말도 하지 않으셨다. 나는 뭔가 좋지 않은 느 낌이 들었다.

　"그때 병원에 이송되고 안정을 찾았는데, 다음날 뇌출혈로 돌 아가셨어요." 나는 아무 말도 하지 못했다.

　"할머니께서는 아마 좋은 곳으로 가셨을 거예요."

　따님에게 위로의 말을 전했다. 비록 할머니는 돌아가셨지만 위급상황에서는 심폐소생술이 소중한 생명을 지킬수 있는 유일 한 방법이란 것을 알게 되었다.

불편 사항 있으면 언제든지
말씀해 주세요!

광개토 파주1주거지원사업소 고 재 영

2020년 11월 30일, 나의 업무는 일산 에버나인 기혼자 별거 숙소 1**동 7**호 입주 점검으로부터 시작이 되었다.

"반갑습니다. 파주1주거사업소 고재영입니다. 무엇을 도와 드릴까요?"

여느 때와 다르지 않게 밝은 목소리로 아침의 첫 입주민을 맞이하게 되었다.

하지만 입주 예정인 입주민은 차갑고, 까칠한 목소리로 말했다.

"저 일산 에버나인 1**동 7**호 배정받은 입주민인데요. 점심 시간에 입주 점검 가능하나요?"

"점심 시간에 가능하십니다. 관리소로 방문 시 연락 부탁드립니다."

그렇게 오전 일과를 보내고 점심 시간이 되었을 무렵, 새로 입주하실 입주민이 단지 앞에 도착했다는 연락을 받았다. 입주민은 군 운전 병사와 둘이서 이삿짐을 나르고 있었다. 추운 겨울이었기에 많은 이삿짐을 둘이서 나르기 힘들어 보여 먼저 인사를 하고 스스럼없이 도와주겠다고 도움의 손길을 내밀었지만, 입주민은 경계하는 눈빛으로 됐다며 차가운 말투로 거절했다. 입주민의 거절 의사에도 불구하고 작은 짐이라도 옮겨드리고 싶은 마음에 두 손에 작은 짐을 들고 이사를 도와주며 입주 점검을 시작했다.

입주 점검 처음부터 입주민의 이런저런 요구사항이 많았다.

"방 전체 분위기가 너무 어두워요. 방이 너무 더러워요. 앞으로 막내아들과 어떻게 생활해요?"라는 민원으로 입주 점검이 시작되었다.

당황스러웠지만 나는 민원 사항을 바로 처리하고 도와 드리기로 했다.

"요청하신 민원 사항을 바로 봐 드리려고 하는데, 오늘 시간 괜찮으세요?"

사무실에 보관된 자재를 가지고 다시 세대에 방문하여 보수가 마무리되었을 무렵, "배고플 시간이니까 짜장면 먹고 가요."

아침에 나에 대했던 차가운 말투가 아닌 상냥한 말투로 말을 건넸다.

　"마음만 받겠습니다. 정말 감사합니다."하며 나오려던 찰나, "이름이 고재영이라고 했죠? 나도 고재영 씨와 같은 막내아들이 있는데 막내아들이 아주 아파서 움직이기가 힘들어요. 그래서 많은 걸 요청했는데, 고쳐줘서 고마워요. 이런 대우는 처음 받아 봐요." 나는 사무실에 도착해서도 입주민의 말이 내 머릿속에서 잊혀지지 않았다.

　입주자의 아픈 속내를 나에게 용기 내어 이야기해 준 것에도 감사했고, 그 감사함을 보답하기 위해 불편 사항 처리에 좀 더 신경을 써주고 싶었다. 막내아들의 이동은 휠체어로 해야 한다는 이야기를 듣고, 휠체어로 이동 시에 불편할 수 있는 사항을 좀 더 신경을 써주기로 마음먹었고, 무엇이 있을까 찾기 시작했다.

　일산 에버나인 기혼자 별거 숙소 내 화장실에는 장애인 편의 시설이 없어 거동이 불편한 자녀가 사용하기엔 다소 어렵다는 생각이 들었다. 화장실 이용 시 제일 사고가 자주 나는 위치에 보조 손잡이를 설치해 드렸고, 막내아들을 샤워시키기에는 버거울 수도 있을 거란 생각에 욕실 문 앞에서 간편히 샤워시킬 수 있도록 2미터 이상의 샤워기 줄을 갖추어 설치해드렸다. 마지막으로 입주 당시에 설치되어 있는 방등과 현관 센서등 기구의 색감은 막내아들의 이동에 불편함과 눈의 피로를 줄 수 있어 모든 전등을 색감이 편한 LED 등기구로 교체해드렸다.

　이런 사소한 시설물 보수를 떠나 진심 어린 마음으로 불편 사항이 없는지, 보수해 드릴 것이 있는지, 자주 물어보았다. 입주하고 몇 주가 지난 후 당직 근무 중 사무실 문밖에서 "고재영!"이라는 큰 소리와 함께 누군가가 나를 불렀다.

　누군가 싶어 사무실에 나가 보았을 때 7**호에 새로 입주한 입주민이었다. "저녁에 고생이 많다. 이거 먹고 힘내라."라며 두 손 가득 도시락을 건네고 가셨다.

문이 안 열려!

시흥능곡5단지 이 서 희

2021년 11월 11일. 그날따라 까다로운 하자보수에 심신이 지쳐있었다. 관리사무소 문을 두드리는 소리에 열어보니 이동 보조장치에 몸을 의지한 허리가 많이 굽은 80대 후반은 되어 보이는 할머니가 서 계셨다. 퇴근 시간이 가까워졌고 업무에 지쳐 있던 나는 할머니가 그리 반갑지는 않았다. 하지만 애써 미소를 지어 보이며 할머니를 바라보았다.

"할머니~, 무슨 일로 오셨어요?"

허리가 많이 굽은 할머니가 불안한 시선으로 나를 바라보며 잘 들리지 않는 작은 목소리로 말씀하셨다.

"우리 집 문이 잘 안 열려…."

"문이 잘 안 열린다고요?"

곁눈질로 시계를 보니 시계 바늘은 퇴근 시간이 가까운 5시

36분을 가리키고 있었다. '어떻게 해야 하나?'

"할머니, 같이 가봐요."

잠시 생각에 잠긴 나는 할머니를 앞세워 할머니가 거주하는 세대로 향했다. 허리가 많이 구부러진 채 이동 보조장치에 의지한 할머니의 느린 걸음걸이에 답답했지만 몇 년 전 돌아가신 외할머니 생각에 꾹 눌러 참고 할머니 집에 도착했다. 현관문 도어락을 점검해 보니 건전지의 수명이 다 돼서 안 열리는 것으로 판단이 되었다.

"할머니, 건전지 교체하신 지 얼마나 되셨어요?"

"....."

할머니는 잘 들리지 않는 듯 불안한 시선으로 나를 바라보셨다. 조금 목소리를 크게 높여서 물어보았다.

"글쎄~ 잘 모르겠어."

"할머니, 잠깐 여기서 기다리세요."

나는 관리사무소에 있는 비상용 건전지를 챙겨서 다시 세대로 향했다. 비상용 건전지를 도어락에 대고 할머니에게 비밀번호를 물어서 임시로 열어 드렸다.

"할머니, 집에 건전지 새로 사다가 놓으신 거 있으세요?"

"아니 없는데…."

"할머니, 그럼 슈퍼에서 건전지를 사셔서 교체하셔야 해요."

"뭐라고?"

할머니의 되물음에 다시 한번 목소리를 높여 설명하고 서둘러 퇴근을 위해 사무실로 향하려는데 할머니가 주섬주섬 주머니를 뒤지시더니 꼬깃꼬깃한 5천 원짜리 지폐를 꺼내셔서 내게 내밀었다. 무언가를 부탁하려는 할머니의 시선과 퇴근 시간에 쫓겨 업무를 마무리하려는 나의 시선이 부딪혔다.

"……내가 다리가 불편해서 걸음을 잘 못 걸어."

할머니는 한참 주저하더니 말씀을 하셨다.

"미안하지만 좀 사다가 해주면 안 될까?"

"할머니…."

지금 저 퇴근해야 해요…! 목구멍까지 소리가 올라왔지만 차마 내뱉을 수는 없었다. 할머니 걸음걸이가 매우 불편해 보였기 때문이다. 허리도 많이 구부러졌고 이동 보조장치에 의지해서 슈퍼까지 가려면 아마도 한 시간은 족히 걸릴 것이다. 하지만 입주민에게 돈을 받아 물건을 사다 주는 행위는 관리사무소 직원들이 많이 꺼리는 행위이고 퇴근 시간도 한참 지나서 망설여지기도 했다.

"하…!!!"

한숨이 나왔다. 어떻게 해야 하나? 우리는 돈 받고 물건 사다 주는 일은 안 한다고 거절하고 가야 하나? 그러면 할머니는 어쩌지? 건전지를 사 오셔도 교체는 하실 수 있을까? 약속이야 좀 늦어도 상관은 없잖아…?

수많은 갈등 속에 나는 할머니가 내민 5천원을 받아들고 후다닥 뛰어가서 건전지를 사 왔다. 도어락 건전지를 교체하고 잘 작동이 되는지 확인을 한 후 할머니에게 건전지를 건네 드렸다.

"할머니 작동이 잘 되네요. 이건 혹시 몰라서 여분으로 사 온 거예요. 그리고…."

연신 고맙다는 할머니에게 마지막 말은 삼키며 인사를 하고 관리사무소로 돌아왔다.

할머니…. 건전지값이 할머니가 주신 거보다 더 나왔어요! 라는 말을 차마 할 수가 없었다. 비록 건전지값은 덜 받았지만, 마음만은 따뜻해졌다.

민원인에서 완전한 내편이 된 입주민

원주무실1단지 이 은 숙

2021년 코로나로 바깥 외출도 조심스러운 시기에 원주시에서 단지와 접한 너름공원 리모델링 공사를 시작하고 있을 때다. 며칠째 매일같이 찾아와 과장님이 민원상담을 하는 모습을 봐왔던 터라 머지않아 내게도 찾아오겠구나 싶었고, 8월 늦더위가 시작될 무렵 1**동 입주민이 공사 반대 동의서 몇 장을 들고 찾아오셨다. 윗집과의 층간소음으로 관리사무소에 민원 제기가 잦았던 집이라 긴장감이 들었다.

"소장님! 소장님은 1**동 입주민이 이십 년째 공원에 인접한 곳에 살면서 그 소음이 어떨지 생각해 본 적 있으세요? 요즘 날도 더운데 공사 때문에 문도 못 열고 살고 있는데 이 공사는 도대체 누가 찬성해서 진행한 건가요? 관리사무소에서 입주민의 고통을 대변해 줘야 하는 거 아닌가요?"

단지와 공원이 인접해 있어 입주민들이 행복하게 거주하시는 줄 알았다. 그 길을 매일 지나다니고 운동기구를 이용하면서 수다 떨고 반복적으로 그 소음을 감수해야 하는 건 생각도 안 해 봤다.

시에서는 봄부터 하는 리모델링 공사를 홈페이지에 게시하였고, 공청회도 진행했다. 이십 년 동안 자란 수령 깊은 나뭇가지를 치고 운동기구를 새로 정비해 준다니 반대할 무실동민이 없었다. 하지만 공사 시기나 공사 시간대는 우리 입주민을 위한 배려는 전혀 없었다. 주말이고 새벽이고 아무 때나 들리는 콘크리트 깨는 소음은 참을만한 수준이 전혀 아니었다.

"관리사무소에서 당연히 도움을 드려야지요. 관리사무소에서 원주시에 민원을 넣고 최대한 노력하겠으니, 방법을 찾아보도록 하죠."

단지 쪽에 있는 운동기구의 변경과 산책로의 변경을 요구하고 입주민이 받아온 공사 반대 동의서를 첨부하여 시에 민원을 넣었다.

이틀이 지난 뒤 통장님과 원주시 공원관리과 직원들이 관리사무소에 방문하였다. 민원을 따로 제기하신 입주민과도 민원을 해소해야 하기에 관리사무소로 먼저 들르셨다.

"1**동에 인접한 운동기구의 이동과 1**동 앞으로 지나는 산책로의 노선을 변경해 주시고, 리모델링 공사는 주말에는 자제해 주세요. 공사 시간대는 이른 시간은 피해주시길 바랍니다."

공원관리과 팀장은 흔쾌히 관리사무소의 요구를 받아들여 주었고, 입주민과도 만나 잘 설명하겠다고 하고 돌아갔다.

1**동 게시판에는 시에서 지역주민들의 생활 피해를 최소화하기로 약속한 문서를 안내하여 입주민 불편 사항이 원만히 해결되었음을 공개하였다. 그 뒤로 입주민은 웃으면서 관리사무소를 방문하셨고, "커피 한 잔 마시러 왔어요." 하시면서 반갑게 앉으신다.

관리사무소의 협조로 빠르게 해결되었다고 연신 고마움을 표현하시며, 우리가 알던 그분이 맞나 싶을 정도로 전혀 다른 분이 되어 기분 좋게 일상을 얘기하고 계신다. 오늘은 나의 다이어트를 걱정해 주고, 어떤 날은 무심하게 관리사무소에 짜장면을 배달시켜 놓으시기도 한다.

"밉게 보면 잡초 아닌 풀 없고 곱게 보면 꽃 아닌 사람 없다."라는 말이 딱 맞는 것 같다. 민원으로 우리를 힘들게 했던 분도 이렇게 반갑게 맞이할 수 있는 소통의 힘은 대단한 것 같다.

내가 드렸던 음료가 나에게 돌아옵니다

동해천곡5단지 홍 지 수

2021년 9월쯤이었나? 여느 때와 같이 당직 근무를 하고 있던 제법 쌀쌀한 가을밤이었다. 중앙난방 단지에 근무하는 나는 보일러를 가동하고 올라오는 길에 누군가 흐느끼는 듯한 소리를 듣게 되었다.

"흑흑흑…. 흑흑흑…."

평소 공포 영화도 잘 보지 못할 정도로 겁쟁이인 나는, 무턱대고 겁부터 났지만, 울음소리의 근원지를 찾기 위해 당직 근무자로서의 어쩔 수 없는 수색에 나섰다. 이윽고 근원지를 찾았고, 그곳은 바로 관리동에 있는 공용 여자 화장실이었다.

"무슨 일 있으세요!? 도와드릴까요? 잠깐 나와 보세요!"

남자인 나는 들어갈 수가 없어서 밖에서 얘기를 건넸다. 한참 얘기를 건넨 끝에 한 여성분이 살짝 모습을 드러냈다. 그분은 다름 아닌 2017년 입사 후, 어떻게 보면 나를 가장 많이 힘들게 했다고 말할 수 있는 입주자 중 한 분인 임동해님이었다. 꿈에서 자주 나오는 처녀 귀신은 아니라 다행이라는 안도감이 드는 순간 "목이 말라요. 마실 것 좀 주세요."

정신질환을 앓고 있는 임동해님의 평소 모습을 잘 알기에 그 날은 왠지 모를 서러움이 느껴져 곧바로 음료를 들고 다가갔다. 그리고 가볍게 목을 축인 뒤 떨리는 목소리로 나에게 말을 하였다.

"엄마가 싫어요. 엄마를 죽여야 해요. 나를 자꾸 정신병원에 가두려 해요. 이렇게 살 바엔 차라리 죽는 게 낫겠어요! 왜 다들 나를 잡아먹지 못해 안달일까요? 그쪽도 나를 정신병원에 넣기 위해 이러는 거 다 알고 있으니까 그만 가세요!"

평소라면 어떻게든 집에 보내기 위해 어머니에게도 연락을 드리고 경찰에 신고도 하는 나였지만, 그날따라 임동해님의 목소리에는 진심이 느껴졌고, 눈빛이 애처로워 아무에게도 알리지 않고 이야기를 들어주기 위해 대화를 이어갔다.

그렇게 1시간 정도 대화를 나누고 나서, 입주자께서도 나와 같은 사람이지만 조금 아프시다는 생각이 들어, 내가 경험한 모든 것을 총동원해 위로의 말이라도 전해보고 싶어졌다. 그리고 드디어! 임동해님이 스스로 자리에서 일어나셨고, 길어질 것 같은 분위기를 뒤로하고 스스로 귀가를 하게 되었다.

어느 정도의 감정 소비로 인해 힘도 들었지만, 소중하고 값어치 있는 시간이었다고 생각하여 뿌듯한 마음으로 퇴근할 수 있었다.

그리고 다음 날, 단지를 순회 중에 임동해님의 어머니를 우연히 만났다. "아이고 글쎄, 어제 무슨 일이 있었는지! 우리 딸아이가 스스로 입원하겠다고 해서 방금 입원시키고 오는 길이에요!"

어머니와의 대화를 마치고 괜히 뿌듯해져 옅은 미소를 지으며 단지 순회를 계속했다.

그 일이 있고 나서 2~3달 정도가 지난 것 같다. 사무실에서 주간 근무를 서고 있던 나에게 임동해님이 찾아왔다. 그리고 음료 한 박스를 주시며 말씀하셨다. "선생님 덕분에 약도 잘 먹고 많이 호전되어 퇴원했습니다. 감사합니다."

그날은 오히려 내가 임동해님에게 음료를 받으며 마음의 위로를 받는 날이었다.

장애인도 사람이다

청주산남2-2단지 이 상 석

2021년 주거 안전 우수 시범단지 준비를 하고 있던 9월 중순 어느 날의 일이다. 평소보다 일찍 출근한 직원들은 각자 작업복으로 갈아입고 전기실과 보일러실 등 공용 시설을 정비하기 위해 자리를 비웠고 나는 급한 보고자료가 있어 사무실에 혼자 남아 있었다. 갑자기 사무실 문을 밀치며 입주민 한 분이 들어오면서 소리를 지르신다.

"관리사무소 직원들 다 어디 갔어?"

"예, 여기 있습니다. 말씀하세요."

술에 취해 용기를 얻었는지 더 크게 소리를 지르며, "관리소장은 어디 갔어!"

"소장님은 직원들과 함께 공용작업 나가셔서 자리에 안 계세요. 저한테 얘기하시면 됩니다."

"장애인은 사람도 아니냐?"

"다짜고짜 그게 무슨 말씀이세요? 그렇게 크게 소리 지르지 않고 작게 얘기하셔도 됩니다. 일단 앉아서 얘기하세요."

"여기 밖에 이렇게 다 막아놓고, 뭐 하는 거야. 응! 장애인은 사람도 아니냐고?"

최근 관리사무소 앞 출입구에 장애인 경사로와 장애인 이동 편의를 위한 보조 손잡이 설치, 바닥 도색 작업이 진행 중이었다. 페인트가 마르기도 전에 통행하는 전동휠체어로 인해 오늘 아침 직원들이 페인트를 칠하고 안전 테이프와 주차금지 원형 오뚝이로 꼼꼼하게 통행을 못하게 차단해 놓은 상황. 아마 이걸 보고 말씀하시는 듯하다.

"이렇게 막아놓으면 장애인들은 어떻게 지나가라고? 장애인 들은 사람도 아니냐!"

"이용하시기 더 편하게 장애인 경사로 개선 작업 중입니다. 지금은 불편하시겠지만, 보수가 완료되기까지 조금만 기다려주시겠어요?"

하필 그때, 유지보수 업체 차량이 보도블록 경사로 입구에 주차하고 물건을 내리기 시작하니 더 크게 소리를 지르기 시작했다.

"아니, 저것 보라고. 차를 저렇게 대 놓으면 장애인들은 어떻게 다니라는 거야! 응? 장애인들 무시하는 거냐?"라며 욕설을 섞어가며 소리를 지르신다.

급히 유지보수 직원에게 양해를 구하며 차량을 지정된 주차장에 주차하고 하차할 것을 부탁드린 후 돌아왔다. 술에 취해 몸도 제대로 가누지 못하면서 안전 테이프를 떼려고 하시길래, "바닥 페인트 오전 반나절이면 마르니 그때까지만 기다려주세요."

"장애인은 사람이 아니냐? 다니고 싶은 길로도 못 다녀?"

"이동하기 편하고 깔끔하게 만들려고 작업 중인데, 조금 불편하시더라도 양해 부탁드립니다."

그 후로도 약 30분간 관리동 옆에 있는 정자에서 술에 취하신 채로 혼자 소리를 지르고 계셨다.

다음날 외부작업 중 관리동 옆 정자에 앉아계신 어제의 민원인을 만나게 되어 얘기를 나눴다. 의외로 성격도 차분한 분이었고, 나를 보더니 연신 미안하다 하셨다. 본인은 장애인도 아니고 기초생활보장 수급자도 아닌 국가유공자 일반조건으로 입주를 해서 살고 있는데, 전동휠체어를 사용하는 친한 이웃들이 있어 얘기하다 보니 순간 화를 참지 못하고 그렇게 행동을 했다고 하신다.

틈틈이 파지나 고물을 모아서 판돈으로 어려운 이웃을 돕는 일도 한다고 하셨다. 술기운에 욱하고 화를 냈는데 다음날 정리가 된 후에 나와 보니 깔끔하게 도색도 되어있고 장애인 경사로

손잡이도 설치가 되어있고 바닥에 논슬립까지 부착되어 있어 너무 좋게 되었다고 하신다.

당장 하루 이틀의 불편을 참지 못해 화를 내시는 분들이 종종 있지만, 그분들도 각자의 사정이 있고 따뜻함을 품고 사시는 분들이라는 걸 느꼈다. 그래도 내 마음속에 남아 있는 한마디, "관리사무소 직원들도 사람입니다. 그렇게 소리 안 지르셔도 알아들어요."

웃는 얼굴에 침 뱉으랴

청주성화1단지 황 성 윤

"따르릉~~ 따르릉~~"

오늘도 어김없이 울리는 전화벨 소리에 직원들의 얼굴이 차가워진다. 같은 민원인에게 계속 반복되는 민원전화에 직원들은 이미 지쳐서, 전화를 받자 늘 아무 의미 없는 내용과 관리소 직원에 대한 비방이 계속될 뿐이다.

"네. 알겠습니다. 지금 바로 올라가 보겠습니다."

전화의 마지막은 항상 세대로 직접 올라오라는 내용이었다. 올라가 봐야 늘 하던 대로 의미 없는 말과 수용 불가한 민원뿐이었고, 세대 방문을 거부하면 업무가 불가능할 정도로 지속해서 전화하였기에 차라리 올라가는 편이 속이 편하다고 생각하여 오늘도 올라가 본다.

우울증 약을 계속 복용 중이고 같이 거주하는 아들과의 불화로 서로 간에 대화가 없는 세대였다.

"…네 그 부분에 대해서는 관리사무소에서 도와 드릴 방법이 없고요."

항상 두서없는 얘기에 개인적인 사적인 부탁만 하는 터라 역시나 수용 불가하다고 말씀드리고, 관리소로 다시 오려고 준비했다. 그런데 이번에는 다른 곳에 전화하여 역시나 같은 내용의 민원을 넣고 계신다. 아마도 구청 민원 담당 부서일 거다.

화살이 우리가 아닌 다른 곳으로 옮겨갔음에 안도하며 관리소로 내려와 한참을 곰곰이 생각해 봤다.

'어디서부터 잘못된 것일까? 아들과의 불화? 우울증? 아니면 정말 우리가 뭘 잘못하고 있는 걸까?' 이러한 궁금증을 가지고 있다가, 다음날 다시 똑같은 방법으로 연락이 왔고 이번에는 단순히 듣는 상황이 아닌 질문하는 태도로 대화를 주도해 봤다.

어떤 점이 불편한지, 무엇이 마음에 들지 않는지, 어떻게 도와 드렸으면 좋겠는지 등등. 물론 전과 마찬가지로 억지에 가까운 내용을 본인의 생각만을 얘기하셨지만, 처음으로 많은 대화를 하였고, 대화 중간마다 맞장구도 쳐주며 웃기도 하였다.

대화가 다 끝나고 인사드리고 관리소로 올 준비를 하는데 갑자기 냉장고에 가시더니 "갈 때 이거 가지고 관리소 직원들과 같이 나눠 먹어."

처음이었다…. 뭔가 생소한 기분과 처음으로 그분과 감정적인 교감을 한 듯하여 관리소로 내려오면서 차가운 음료수가 그렇게 차갑게만 느껴지지 않았다. 그렇게 그 후로도 종종 전화가 올 때마다 찾아갔고, 그때마다 대화하는 시간 역시 길어졌다.

나에게 이제 농담도 많이 하시고 나 역시도 세대 방문 시 초인종에 "어르신~ 저 왔어요." 능청스럽게 대답하였고 세대 안에 들어가면 먼저 음료수 안 주냐고 할 정도로 친해지게 되었다. 지금은 이제 전화도 뜸해지고 가끔 연락 오면 먼저 찾아가겠다고 하여 올라가서 서로 웃으며 안부를 주고받는 사이가 되었지만, 지금 생각해 보면 처음부터 공감해 드리고 많이 웃어드렸더라면 조금 더 빨리 사이가 좋아지지 않았을까 생각하며, 역시 웃는 얼굴에는 침 못 뱉는다는 속담이 진리임을 깨닫는다.

지금 만나러 갑니다

천안백석3단지 이 정 호

일하다 보면 가끔 머릿속에서 떠오르는 할머님이 한 분 계신다. 4년 전, 아산읍내관리소에서 관리홈닥터 세대로 지정하여 따로 돌봐드리던 할머니신데 32년생의 고령이신데다 허리도 굽어 거동이 불편하신지라 푸드뱅크 등의 물품 나눔 행사가 있을 때 꼬박꼬박 집으로 가져다 드리던 세대였다.

자주 보면 정든다고 조용한 성품에 TV 불량 등의 사소한 민원 처리에도 유난히 고마워하시며 없는 형편에 요구르트를 사서 보내시던 분이시기에 꼬박꼬박 방문하여 10분이라도 말벗을 해 드렸다. 평소 가족은 다 떠나보내고 혼자만 있다고 하셨기에 더더욱 마음이 쓰이기도 했다.

어느 날 당직을 서고 이른 퇴근(일명 당퇴) 하면서 천안 쌍용1관리소에 방문을 했다. 그리고 깜짝 놀랐다. 우리 단지에 사시는 내가 관리홈닥터로 보살펴드리는 할머니가 어느 여자분과 대화를 하는 게 아닌가? 무슨 일이지? 난 의아했다.

얼른 가서 나는 할머니께 인사를 드렸다.

"할머니 안녕하세요. 여기 어쩐 일이세요?"

"여기에 왜 있어?"

자초지종을 들어보니 옆에 있는 여자분은 따님이었고, 할머니는 아산 읍내단지에 따님은 천안 쌍용1단지에 거주하면서 1년에 한두 번씩 서로 만나 이야기를 나눈다고 하셨다. 그 자리에서 오래 있긴 어색하여 나는 바로 자리를 옮겼고 이후 할머님의 자세한 상황을 알고 싶어 찾아갔다.

"할머니, 왜 가족이 다 죽었다고 말씀하셨어요?"

"응. 예전에 남편이 보증을 잘못 서서 집안이 풍비박산 났어…. 빚쟁이들한테 쫓길까 무서워 따로 살다가 이제는 수급자 탈락할까 봐 누구한테도 이야기 안 하고 있어. 모른 척해줄 거지?"

"… 지금 세상은 전산처리가 잘돼 있어서 다 나올 텐데요? 이제는 그런 거 신경 안 쓰셔도 되고, 요즘은 컴퓨터로 다 나와서 어차피 다 알고 있어요. 주변 이웃들한테도 이야기해 주셔야 나중에 무슨 일이 생기면 누가 따님한테 전해주기라도 하지 않겠어요?"

"친구가 없어서 이야기할 사람도 없어."

가까운데 따님이 사는데도 불구하고 1년에 한두 번 보러 간다는 게 마음이 쓰여 할머니께 말씀드렸다.

"할머니, 다음에 따님 만나러 가실 때 저한테 말씀해 주세요. 저랑 시간이 맞으면 제 차로 태워다 드릴게요."

"아니야. 그런 민폐 끼치기 싫어"

"그럼 혹시나 생각나면 말씀해 주세요."

그렇게 말을 끝냈고 시간이 흐른 지금 할머니는 나한테 부탁을 안 하신다.

할머니는 지금도 정정하게 생활하고 계시고 나는 가끔 음료수를 사 들고 가서 할머니와 이야기를 나누곤 한다.

집까지 걸어가기 힘들어요

부천상동3단지 박일용

2021년 8월 밤 10시가 넘은 시간에 조용한 관리사무소의 전화벨이 울렸다. 느낌상 밤늦게 전화가 오면 좋은 일은 아니겠다고 생각하며 전화를 받았다.

"여보세요. 나 2동 입주민인데 내가 술을 먹어서 집에 가야 하는데 힘들어서 올라갈 수가 없어. 지금 당장 2동 1층으로 와서 나를 집까지 데리고 올라가. 뚜뚜뚜뚜뚜~" 본인 이야기만 하시고 전화를 끊어 버리셨다.

우리 단지는 연초부터 계속해서 단지 내 시설물 공사가 순차적으로 진행되고 있었고, 하필이면 여름철 많은 민원이 예상되었던 승강기 교체 공사가 진행 중이었다. 입주민들이 왜 더운 여름에 승강기 교체 공사를 하는지 모르겠다고 22층까지 어떻게 걸어서 올라가고 내려오냐며 민원이 빗발치고 있었다.

전화를 뒤로 하고 잠깐의 시간이 흘러 관리사무소 문이 열렸다.

"왜 내가 오라는 곳으로 안 와서 이렇게 관리사무소를 찾아오게 만들어! 지금 관리사무소에 왔으니까 나를 업어서 집에까지 데리고 가! 당장!"

"어르신 지금은 사무실에 저 혼자만 있어서 어떻게 도움을 드릴 수가 없어요. 혹시 댁에 다른 분 안 계세요?"

"할멈이랑 둘이 살고 있어서 아무도 없어. 지금 데려다주지 않으면 오늘 밤에 관리사무소에서 자고 내일 갈 거야."

입주민의 막무가내식 요구는 계속되었다.

"지금 술을 많이 마셔서 속 풀게 라면 끓여다 줘."

나는 황당하기도 했지만 내가 가지고 있던 컵라면에 더운물을 부어서 드렸다.

어르신은 라면을 다 드시고 승강기 교체 공사, 관리사무소 이야기, 어르신의 젊었을 때 이야기 등 이런저런 이야기를 계속해 주셨다. 어르신이 오신 지 한 1시간 정도 지난 후, "내가 술을 마시고 힘들어서 관리사무소에 하소연하러 온 거야. 이제 천천히 올라갈 거야."

"천천히 조심해서 올라가세요."하고 인사를 드렸다.

단지 특성상 계단식 구조여서 승강기가 동마다 1대씩 있는데 여름에 승강기 교체 공사를 하면 입주민들이 더욱 힘들었을 것이다. 다행히 그 이후에는 신속하게 승강기 교체 공사가 마무리되었고, 지금은 입주민들이 정상적으로 승강기를 이용하고 있다.

더운 여름이 지나고 9월 초 검침을 위해 승강기를 탔는데, 그때 관리사무소에 오셨던 어르신과 같이 타게 되었다. 어르신께 반갑게 인사를 드리니 "승강기가 너무 조용하고 좋아서 기분이 좋아. 저번에 관리사무소에 가서 내가 그렇게 한 것은 웃으며 지나가." 하며 주먹 인사를 해 주셨다. 기분 좋은 마음으로 검침을 하고 내려와 관리사무소로 돌아왔다.

실수가 문제야

시흥능곡6단지 김 성 원

2021년 11월 어느 날, 나이가 지긋해 보이는 어르신 한 분이 관리비 고지서를 들고 호통을 치시며 관리사무소로 들어오셨다. 어르신은 고희는 넘어 보이는 나이셨다.

"관리사무소장이 누구야? 이번 달 관리비가 왜 이렇게 나왔어?"

"안녕하세요? 어르신 무슨 일 때문에 오셨습니까? 저한테 말씀해 주세요." 나는 어르신의 호통에 나지막한 목소리로 인사를 건넸다.

어르신은 얼굴을 찌푸리시며 "아니 이번 달 관리비 고지서에 승강기 유지비가 청구되어서 나왔어. 나는 이제까지 승강기 유지비를 내본 적이 없는 사람이야. 어떻게 할 거야? 네가 낼 거야?"

"승강기 유지비를 안 낸다는 게 무슨 말씀이신가요?" 의아해하며 여쭈어보았다.

"내가 6**동 101호 사는데 처음으로 관리비 고지서에 승강기 유지비가 나왔단 말이야. 이것 좀 보란 말이야!"

성난 어르신께 커피 한 잔 드리며 "어르신 잠시만요. 관리비 고지서를 줘보세요, 확인해 보겠습니다."

관리비 고지서를 확인해 보니 승강기 유지비 요금이 170원 붙어있어서 그 순간 인터넷 장애로 확인이 되지 않아 관리사무소 여직원에게 전화해서 물어보니 1층 세대는 승강기 유지비가 부과가 안 된다고 하는 것이었다. 그래서 어르신께 말씀드렸다.

"어르신 1층 세대는 승강기 유지비가 부과가 안 된답니다."

말씀을 드리면서도 의아했다. '도대체 왜 1층 세대인데 승강기 유지비가 부과된 것이지?'

이상해서 계속 관리비 고지서를 자세히 들여다보니 호수에 101호가 아닌 201호가 적혀져 있는 걸 발견했다.

"앗? 이상하네, 호수가 정확히 어떻게 되세요? 6**동 101호가 맞는가요?"

"6**동 101호가 맞는데 왜 자꾸 물어?"

재차 여쭤보아도 101호라고 하시는 것이었다.

"관리비 고지서상엔 201호라고 돼 있는데요. 성함이 박동호 맞는가요?"라고 하니 관리비 고지서를 들여다보지도 않고, 버럭 화를 내시면서 "그럼 내가 잘못했다는 거야? 이런 얼어 죽을! 그럼 관리사무소에서 우편함에 잘못 꽂아 놨구먼!"이라고 오히려 역정을 내시었다.

나는 상대의 당당하고 단호한 모습에 순간 아무 말도 할 수가 없었다. 그리고 관리비 고지서에 소독비도 청구돼 있는데 뭐 잘못된 것 아니냐고 물으셨다. 자기는 소독을 받아 본 적이 없다는 것이었다. 소독을 받지 않는다는 건 무슨 뜻일까? '1년에 3번씩 정기적으로 소독을 하고 있는데…' 하고 속으로 반문하였다. 당연히 소독을 받지 않았으니 소독비가 청구된 건 잘못된 게 아니냐 하는 것이었다.

"어르신 왜 소독을 안 받으신 건가요?" 여쭤보니 자기는 소독을 할 필요를 못 느끼고 그래서 소독원이 찾아오면 다 돌려보냈다는 것이다. 그러니 소독비도 낼 수 없다는 것이었다.

"어르신 실내소독은 감염병 예방을 위해서 받으셔야 합니다."

"그리고 실내소독을 받지 않았다고 해서 금액이 부과가 안 되는 게 아닙니다."라고 말씀드렸다.

"어쨌든 고지서 새로 발급해서 우편함에 꽂아놔."

"네, 알겠습니다. 어르신. 우편함에 다시 꽂아 놓겠습니다."라고 말씀을 드리니 "난 이제 바빠서 가봐야겠다." 하곤 급하게 나가셨다.

가시고 나서 고지서를 재발급받아 확인해 보니 101호 승강기 유지비 요금은 없었다. 어쨌든 관리비 고지서를 재발급해서 우편함에 꽂아 두러 가보니 101호 우편함에 관리비 고지서가 그대로 꽂혀 있는 게 아닌가? 201호 우편함은 비어있었다.

그렇다. 할아버지께서 101호 관리비 고지서를 빼 온 게 아니라 201호 관리비 고지서를 잘못 빼서 오신 거였다. 순간 허탈하고 멍해지는 기분이었다.

3. 희망 더하기

"토끼야! 안녕"

영주가흥1단지 김 남 진

무심코 올려다본 하늘. 오늘은 맑은 하늘이다. 구름 한 점 없다. 바람이 분다. 찬바람을 맞으며 맑은 하늘을 보는데, 햇살에 눈을 뜰 수가 없다. 그날도 하늘은 맑았고 햇살은 강했다.

2000년대 초, 우리 관리사무소는 1, 2단지로 분리되어 있었다. 나는 2단지에 근무하고 있었고, 영구임대라면 어디에나 그렇듯 우리 단지에도 성질이 괴팍한 할머니가 한 분 계셨다. 허구한 날 관리사무소에 찾아와서 해결할 수도 없는 불만을 잔뜩 늘어놓으실 때면, 직원들은 어쩔 줄 몰라 하며 슬그머니 시선을 피할 수밖에 없는 실정이었다.

하지만 그날은 여느 때와는 사뭇 달랐다. 평소와 마찬가지로 할머니는 관리사무소로 출근을 하셨다. 할머니를 본 순간 불편

한 마음이 들었지만, 우선 인사를 드리고 그저 하던 일을 하는
것 외에는 별다른 수도 없었다.

"거, 총각은 무슨 띠야?"

"저요? 토끼띤데요…?"

"그래? 토끼띠면 나랑 띠동갑이네? 그럼 친구하면 되겠네…."
하고 활짝 웃으셨다.

70이 훌쩍 넘은 할머니께서 친구하자 하시며 건네는 평소와
는 다른 친근한 말투에 나도 미소로 화답했다.

그 후로 할머니는 가끔 관리사무소에 간식거리도 가져다주시
고, 집안일이며, 일상의 소소한 일들을 나에게 얘기하시곤 했다.
우리 단지에서 까칠하기로 워낙 유명하신 분이라 처음에는 부담
스러웠지만, 시간이 지날수록 정이 많은 분이라는 생각이 들었
다. 그동안 외로워서 입주자들, 직원들에게 괴팍하게 그러셨던
것 같았다.

하루는 할머니께서 관리사무소에 오시더니,

"토끼야, 오늘 점심 우리 집에서 먹자~"라며 나에게 나지막
하게 속삭이셨다.

"할매, 괜찮아요. 저는 집에서 먹을게요. 점심 맛있게 드세
요."

그렇게 처음에는 인사치레 정도로 여기고 사양을 했다. 하지만 그 후로도 할머니는 점심 먹자는 말을 종종 하셨고, 나는 점점 마음이 쓰이기 시작했다.

"할매, 오늘은 할매 집에 가서 같이 먹어요!" 용기를 내어 그렇게 말씀드리니, 할머니가 활짝 웃으며 "그래. 그럼 내가 집에 가서 점심 준비해야지. 조금만 이따가 와~." 하시며 뒤도 돌아보지 않으시고 관리소 문을 열고 나가셨다.

적당히 하던 일을 마무리하고 할머니의 집으로 가니, 된장찌개를 끓여 놓으셨고 정말 푸짐하게 한 상을 차려 놓으셨다.

"할매, 잘 먹을게요!"

점심을 먹으면서 정말 많은 이야기를 나누었다. 우리는 그렇게 서로에게 맘을 열고 진정한 띠 동갑 친구가 되었다. 그 후로 나는 할머니가 은행 볼 일이 있을 때 함께 가서 일 처리도 봐 드리고, 집에 고장이 난 것이 있으면 직접 가서 수리도 해 드렸다. 할머니는 마냥 좋아하셨고, 그럴 때마다 정말 활짝 웃으셨다. 할머니는 내가 도시락을 싸서 다니는 것을 아시고는 종종 나에게 반찬을 챙겨 주셨다.

할머니가 관리사무소에 안 오시는 날이면, 어디 컨디션이 안 좋으신가 하는 생각에 박카스라도 사 들고 집으로 찾아가면 너무너무 좋아하셨다.

"할매, 저 장가가요! 축하해 줘요."

"그래? 토끼가 장가를 가네? 나도 식장에 가봐야겠다."

"네, 할매 꼭 오세요!"

결혼식 며칠 전 할머니가 관리사무소 문을 빼꼼히 여시더니 날 불러내었다.

"토끼야, 나 결혼식에 못 갈 것 같다."라고 하시며 봉투를 손에 꼭 쥐여 주셨다.

"할매, 이거 안 주셔도 되는데…. 결혼식엔 꼭 오세요!"

"아니야, 내 성의니까 꼭 받고 잘 살아."

"할매, 정말 고마워요! 잘 살게요."

그렇게 나는 결혼을 했고, 관리사무소는 평소와 같이 바쁘게 돌아갔다.

하루는 할머니가 관리사무소에 찾아와 아무 말씀도 하지 않으시고 계속 앉아만 계셨다.

"할매, 오늘 몸이 좋지 않아요? 힘들어 보이시네요?"

"응, 토끼야! 통 기운이 없네…."

"할매, 그럼 내가 댁까지 모셔다드릴 테니까 집에서 쉬세요."

"그래, 토끼야! 집에 같이 가자!"

할머니를 부축해 드리는 데 힘이 없으신 게 확 느껴졌다.

아무 말도 하지 않은 채 집까지 도착해서 현관문을 열고는 "할매, 들어가세요!"했다.

"내가 오늘 토끼 보러 관리사무소에 갔었어. 이제 토끼 봤으니까 됐어…! 토끼야, 잘 살아! 토끼, 안녕!"

할머니의 눈에는 힘이 없어 보였다.

"할매는…!"

영원할 것만 같던 띠동갑 우정에 하늘은 긴 시간을 허락하지 않았다. 그것이 할머니의 마지막 모습이었고 마지막 대화였다. 할머니는 그날 저녁 병원에 이송되었고 맑고 맑은 하늘나라로 가셨다. 나는 눈이 부신 하늘을 보며 나지막이 내뱉는다.

'할매, 거기서 잘 살고 계시죠?'

꽃길만 걸으실 나의 멘토 할머니

정읍상동2·3단지 박 민 서

입주민의 주거 편의를 위해 빠른 행정처리를 하는 것이 공공임대주택 관리사무소 직원의 의무이고 책임이지만, 바쁜 현장 속에서 일하다 보면 하고 싶지 않은 절차들도 꽤 많다. 그중 하나가 작은 평수에 거주하다 일정 요건이 되면 새로 신청해서 같은 단지의 큰 평수로 이사를 하는 '동호 변경'이다. 3**동 **3호 할머니의 경우가 그랬다. 게다가 보증금에 채권 가압류와 같은 권리 제한이 맞물려 있어 새마을금고랑 통화하며 처리하는 것이 여간 귀찮은 게 아니었다.

"으… 번거롭다. 보증금 대체하는 상황을 말씀드리면 입주자분이 이해는 하시려나…? 관리비도 따로 받아야 하는데…, 휴…."

입을 삐죽거리며 일하고 있는데, 동호 변경을 신청하신 입주자분이 관리사무소에 방문하셨다. 내가 직접 해약 신청을 받지 않아서 직접 뵙는 것은 처음이었는데, 에메랄드빛 눈동자에 백발이 되신 할머니 인상은 참 인자해 보였다. 얼핏 보아도 연배가 최소한 70대 후반은 되셨을 것 같았다. 우선 퇴거 날짜와 입주 날짜를 확인하고 은행과의 처리 절차를 설명해 드리며 대화를 하는데 굉장히 스마트하고 이해력이 빠르셨다.

"고마워요. 하루에 보증금을 환불받고, 은행에서 대출받아 다시 입금하는 것이 걱정이었는데 관리소에서 은행이랑 얘기하고 알아서 다 해주니 좋네요."

이튿날 할머니가 관리사무소에 또 방문하셨다. 9월 아직은 무더운 여름. 땀을 뻘뻘 흘리면서 우리 직원 수만큼 아이스커피를 사 오셔서 하시는 말씀이, "간식으로 피자를 사려고 했는데, 오늘 문을 닫았네. 커피라도 좀 들어요. 항상 고마워요."

할머니가 사 오신 걸 보니 요즘 젊은 학생들이 많이 먹는 체인점 브랜드의 커피였다.

'여긴 항상 줄 서 있고 주문하기도 까다로우셨을 텐데 어떻게 사 오셨지?' 갸우뚱거리며 속으로 생각했다. 우리 직원이 8명이나 되는데 할머니가 양손으로 힘겹게 커피를 사다 주신 모습이 감사하면서도 가슴 한편이 울컥해졌다.

"할머니, 다시는 힘들게 이런 거 사 오지 마세요. 안 사주셔도 괜찮아요. 오늘은 맛있게 잘 먹을게요."

할머니는 그냥 웃으시곤 그 후로도 복숭아, 또 아이스커피 등등 간식거리를 여름내 사다 주셨다. 이때까지만 해도 '참 인정이 많으신 할머니구나'라고만 생각했는데….

드디어 퇴거와 입주를 하는 날이 다가왔다. 이사를 하시고 입·퇴거 담당 직원이 퇴거 시설물 점검을 하고 와서는 안타까운 말을 늘어놓았다.

"할머니가 왜 큰 평수로 이사 가는지 알아요?"

"글쎄요. 뭐 더 넓은 곳으로 가고 싶으셔서 새로 신청하신 게 아닐까요?"

"청소하면서 할머니랑 잠시 얘기했는데, 옛날에 할아버지가 젊은 여자랑 바람이 나서 집을 나가고 재산도 그 여자에게 다 주셨다가, 나이 들고 힘이 없어지니까 버림 받으셔서 늘그막에 다시 할머니께로 온 거래요. 할머니께서 담담하게 웃으시면서 말씀하시는데 너무 안타까워요."

하…! 할머니가 41년생이신데 그 힘든 시기를 홀로 보내시고 이젠 혹까지 떠안게 되신 거다. 인생 참 너무한다. 겉으로 봤을 땐 너무 고우시고 그늘이 전혀 없어 보이셨는데 그런 사연이 있을 줄은 상상도 못 했다.

사실 임대아파트에 이런 사연이나 사정이 있는 분들은 꽤 많다. 힘든 거, 억울한 거, 야속한 현실에 부딪혀 우리에게 하소연하시고, 또는 화풀이하는 사람들도 많이 봐왔기 때문에 그냥 아무렇지 않게 생각할 수도 있었다. 하지만 가끔 뵈면 온화하게 웃어주셨던, 그 미소와 말 한마디에 오히려 우리가 긍정적인 에너지를 받을 수 있었던 고우신 할머니는 왠지 모르게 마음이 더 갔다.

연세도 많으신 할머니께서 혼자 퇴거 세대를 청소하시고 스티커도 제거하시는 모습이 우리 직원 마음에도 신경이 쓰였는지 일부러 청소와 보수를 나서서 해주었다. 할머니는 또 그게 너무 감사하다며 간식으로 족발을 시켜주시고….

본인의 상황을 탓하기보다 베푸는 게 익숙하신 할머니. 심지어 세대 내에 보수할 게 있어도 부르지 않으신다. 우리 힘들다고….

'이런 마음을 가진 사람이 정말 있구나.' 남의 일에는 무관심과 사소한 것에는 불평불만을 달고 살았던 내 마음을 숨기고 싶어졌다. 할머니는 뭔가 단순히 안쓰러운 감정이 아니라 같은 인간으로서 어떻게 그런 넓은 마음을 가질 수 있는지, 모든 것을 포용하고 인정할 수 있는지…. 뭐라 헤아릴 수가 없었다.

관리사무소에서 일하면서 아직도 이해되지 않는 돌발 상황들, 입주민의 탓으로만 생각했던 순간들이 있다. 요즘엔 그럴 때마다 인생 선배 할머니를 떠올린다. 신기하게 혈압이 훅 올라갔다가도 마음을 가다듬고 할머니를 생각하면 좀 안정이 된다.

나의 개인적인 경험이나 편견만으로 다른 사람에게 상처를 주는 말을 내뱉지는 않았는지, 상대방은 어떤 생각을 하고 있는지를 한 번 더 생각해 볼 수 있게 해주는 나의 정신적 멘토가 되어버린 할머니. 오래오래 건강하셨으면 좋겠다.

'할머니 앞으로는 꽃길만 걸으세요.'

간절히 바라면 이루어진다

제주으뜸마을 박 수 열

관리사무소에 입주자 한 분이 찾아오셨다.

"싱크대 문이 떨어질 것 같은데 고쳐주실 수 있나요?"

"지금 시설 담당 직원이 다른 용무로 자리에 없습니다. 들어오는 대로 세대에 방문하도록 전달해 드릴게요. 몇 동 몇 호시죠?"

"그 직원 오면 함께 갈게요."하며 탁자에 앉으셨다.

기다리시는 동안 드시라고 차를 내어 드렸더니, 한 모금 드시다가 "우리 딸 윤아가 고등학교 1학년인데 태권도를 참 잘해요. 선수로 대회도 나가서 상도 많이 받고…, 게다가 공부까지 잘해요." 하며 딸 이야기를 꺼내신다.

"우리 윤아는 초등학교 3학년 때, 스포츠 바우처 지원으로 태

154 임대주택 관리사무소 이야기

권도를 배우게 됐어요. 하다 보니 재미도 있고, 재능도 인정받으면서 태권도에 더 관심을 끌게 되었죠. 그러다가 태권도 시범단원에 대해 알게 되고…"

윤아는 태권도를 너무 좋아하고 재능도 인정받아 계속 배우게 되었고, 태권도 시범단원에 대해 알게 되었다. 국내 주요 행사의 태권도 공연, 해외 순회 시범을 통해 태권도의 홍보와 보급 등 한국문화를 알리는 태권도 시범단원이 되는 꿈을 꾸기 시작하였다. 태권도 수련에 매진하여 각종 대회와 공연에 참여하여 많은 상을 받았으며, 지성까지 겸비한 단원이 되기 위하여 학교 공부도 상위권 성적을 유지하였다고 한다.

그러던 어느 날, 윤아는 태권도를 그만하고 공부에 전념하겠다고 했다. 엄마 혼자 일한 수입으로 오빠의 대학 학비도 부담인데 태권도 활동비까지 감당하기에는 무리인 것 같다며 공부만으로 선택할 수 있는 직업으로 진로를 바꾸겠다고 한 것이다.

"사실 어려운 형편에 학원비도 부담인데 활동비가 점점 많아져 걱정이었어요. 잘됐다 싶은 생각에 딸에게 포기하지 말고 더 해보라는 얘기를 차마 하지 못했어요. 하지만 딸의 태권도에 대한 애정을 너무 잘 알고, 많은 고민 끝에 태권도를 포기하기로 한 것을 알기에 마음이 너무 아파요. 엄마가 능력이 없어서…."

'어린 나이에 집안 형편을 생각해서 자기가 좋아하는 것을 포기하는 윤아의 마음이 어땠을까?', '경제적 이유로 꿈을 포기하는 자식을 지켜만 봐야 하는 엄마는 또 얼마나 속이 상할까?'

며칠 동안 계속 신경이 쓰였다. 도움을 줄 방법은 없는지…. 우리 아파트 주민들에게 관심을 많이 가져 주시는 지역의 도의원에게 연락을 드렸다. 흔쾌히 같이 방법을 찾아보자고 하셨고, 그날부터 동 주민센터, 복지관, 후원단체 등에 지원 방법을 수소문하였다. 그러던 중 제주농협이 경제적 어려움을 겪는 저소득층 세대 학생들을 지원하는 '희망 드림 프로젝트' 사업에 대해 알게 되었다. 마침 2기까지 사업은 모두 끝나고 마지막 3기 접수가 남아 있었다.

입주자께 사업에 관한 내용을 설명하였으나, 신청서 작성이나 자료 준비가 어려울 것 같다며 망설이셔서 관리소에서 적극적으로 돕기로 하고 같이 신청서와 첨부 자료를 만들었다. 수많은 대회의 참가 사진과 행사 동영상, 수상내역, 학업성적 우수상까지, 그동안 윤아가 꿈을 위해 열심히 노력하고 차곡차곡 준비해오는 과정들이 고스란히 남아 있었다. 그만큼 자신의 꿈을 위해 최선을 다하였음이 느껴졌다. 윤아의 간절한 마음이 잘 전달될 수 있도록 자료를 준비하고 동 주민센터와 사회복지공동모금회의 도움을 받아 신청서를 제출하였다.

기다리던 소식이 전해졌다. 윤아가 특기 적성비로 후원금 최대 금액인 500만원 지원 대상자로 선정되었다. 후원금 전달식에 참석하고 돌아오는 길에 입주자께서는 자기 혼자서는 생각도 못할 일인데 관리소 직원들이 도와줘서 가능한 일이라며 계속 감사하다고 말씀하셨다.

"윤아가 하고 싶은 것을 조금이나마 더 할 수 있게 되어서 너무 행복해요. 인제야 하는 말인데 관리소 직원분들이 어려운 사람에게 도움을 주는 걸 알고 일부러 집 보수를 핑계로 찾아가서 이야기했어요. 어디다 얘기할 곳도 없고, 우리 같은 사람 얘기 들어주는 곳도 없고…. 어떻게든 아이가 하고 싶은 걸 조금이나마 더 하게 하고 싶었거든요. 이렇게 좋은 결과가 나올 거라 기대하지 않았는데 정말 너무 감사해요."

여러 기관과 함께 한 학생이 간절히 바라는 꿈을 지켜줄 수 있게 되어 보람을 느꼈다.

나도 이 목도리가 갖고 싶어!

무주남대천단지 윤 치 중

어두운 시간이 지날 때까지 조금만 조심하고 견디자며 모든 만남의 채널을 닫아버린 코로나 팬데믹 1년 차, 모든 것이 멈춘 듯했다. 만남도 행사도 입주민 간 소통마저도…. 그래도 만나자 며 비대면이라는 모순적인 소통 방식에 조금씩 익숙해지던 팬 데믹 2년 차임에도 여전히 설날에 아이들은 할머니, 할아버지를 만날 수 없었고, 추석에도 자녀들은 부모님을 만날 수 없었다. 쌀쌀한 겨울이 시작되면 입주민 간 마음마저 얼어버리는 건 아 닌지….

인간은 적응의 동물이라 했던가. 온라인 수업, 비대면 만남, 홈 트레이닝, 재택근무 등 나름대로 생존방식을 조금씩 터득해 갔지만, 집에 갇힌 듯 답답한 아이들은 몸이 근질근질해지고, 일시적으로 일거리를 잃은 부모님, 복지관도 노인정도 가지 못하는 어르신들까지 낮에도 밤에도 집에 머무는 생활 속에 입주민 간 신경전과 갈등, 사소한 민원은 늘어가고 있었다.

나는 끝을 알 수 없는 터널을 지나고 있는 듯 무기력해졌다. 작은 단지지만 300여 세대를 돌보는 주거행복지원센터의 우리마저 손 놓고 있을 수는 없는 일이었다.

'소통은 계속되어야 하고 돌봄은 더욱 강화되어야 한다.' 그렇게 우리는 머리를 맞댔다. 비대면 커뮤니티 프로그램을 발굴해야 한다. 입주민 간 신뢰와 정을 회복할 방법을 생각하는 것 또한 우리 센터의 존재 이유이기에, 공동체가 무너지면 안 되기에 말이다.

"고령자와 아이들에 이르기까지 다양한 연령층의 입주민이 코로나19 감염으로부터 안전하게 참여하고, 서로에게 따뜻한 마음을 전할 수 있는 프로그램을 만들어 봅시다."라고 동료들에게 말하고 고민에 빠져 있던 어느 날, 한 가지 아이디어가 떠올라 관리소장님께 제안했다.

"소장님, 겨울이 오기 전에 입주민들이 직접 목도리를 만들 수 있게 재료를 제공해 주고, 겨울이 되었을 때 아이들에게 나눠 주면 어떨까요? 어르신들은 소일거리를 통해 무료함을 달래고, 도움을 받기만 하는 것이 아니라 도움을 주기 때문에 보람도 느끼는 시간이 될 듯합니다."

"아이들은 이곳에 사는 할머니들이 만들어준 목도리를 하고 다니며, 만나는 어르신들에게 친근함을 느낄 수 있을 것 같아요." 옆에서 박 주임이 공감하며 맞장구를 친다.

"그렇게 세대 간 연결을 통해 윗집에서 가끔 아이들이 뛰어도 귀여운 손자쯤으로 생각하고, 저녁 시간 마늘 빻는 소리는 할머니가 손주의 식사를 준비하는 소리로 생각하며 이해하는 그런 마음들이 늘어 간다면, 곤두선 입주민의 마음도 조금씩 누그러질 수 있겠네요. 우리도 퇴근 후 하나씩 만들어 봅시다." 소장님까지 의기투합이 되었다.

그렇게 시작된 아이디어를 바탕으로 뜨개바늘과 털실을 구입하고, 목도리 샘플 사진과 함께 입주민에게 홍보를 시작했다. 구입한 뜨개질 세트는 금방 사라졌다.

그 후 한 달여 기간 동안 어르신들이 지내 온 삶의 모습 만큼이나 다양한 개성 넘치는 목도리가 하나둘씩 만들어져 돌아오기 시작했다. 샘플 사진을 제공하였음에도 불구하고 말이다. 누가 고령자는 창의적이지 않다고 했던가. 유튜브를 보면서, 뜨고 풀기를 반복해 겨우 완성한 내 목도리가 초라해 보일 정도였다. 하지만 모양이 다양한 만큼 '누구에게 어떻게 나눠 주지?'라는 고민도 생겼다.

11월 어느 날 하원, 하교 차량이 도착하는 시간에 맞춰, 선정된 아이들을 하나둘 행복센터로 불렀다.

"이 노란색 목도리는 1**동에 사시는 할머니께서 우리 단지 어린이가 따뜻하게 겨울을 보내라고 만들어주신 목도리에요."

직원들은 아이의 목에 목도리를 메어 주었다. 그렇게 짧기도, 길기도, 넓기도 한 다양한 무늬의 목도리를 체형에 맞춰 나눠 주던 중 한 아이가 말했다.

"어떤 할머니인지 뵙고 싶어요, 정말 마음에 들어요! 꼭 감사하다고 전해주세요!"

그 순간 아이에게 너무나도 고마운 마음이 들었다. 할머니의 사진을 찍어 목도리에 붙여 줄 걸 하는 생각까지 들며, 할머니에게도 아이의 예쁜 마음을 그대로 전해 드려야겠다고 마음먹었다. 코로나만 아니었으면 할머니가 손수 아이들에게 목도리를 메어주고 감사의 마음을 전해 들을 수 있었을 것이다. 너무 아쉬운 순간이었다.

마지막으로 초등학생 3명의 차례가 되었고 체형에 맞게 긴 목도리 3개만 남아 있었다. 목도리를 만들어주신 할머니를 소개하는 동안 나는 아이들의 눈빛이 심상치 않음을 감지했고, 영화 '타짜'에서 주인공들이 각자의 패를 보며 서로 눈빛을 교환하는 장면이 떠올랐다. 싸늘했다. 손은 눈보다 빠르다고 했던가? 소개가 끝남과 동시에 하나의 목도리를 쥐고 서로 놓지 않는 아이들의 손. 오가는 눈치 속에 한 아이는 차선을 택했고, 다른 아이는 눈빛이 흔들리며, "나도 이 목도리가 갖고 싶어!"라고 소리쳤다. 들어올 땐 세상 친한 친구들이었는데…. 지금 여기선 아무도 울어선 안 된다. 빛보다 빠른 중재의 필요가 감지되는 순간이었다.

"동작 그만! 자, 지금부터 게임을 시작한다."

그렇게 인류 탄생 이래 가장 공정하다는 가위바위보를 통해 이긴 순서로 선택권이 부여되었다. 마지막 아이에게는 미안한 마음에 초콜릿과 사탕을 한 줌 쥐여주었다. 내년 행사에서는 더 많은 목도리를 만들어 제일 먼저 선택권을 주겠다고 약속하며, 억울함과 공정함이 혼재된 목도리 나눔 행사를 기념 촬영과 함께 마쳤다.

주거행복지원센터의 작은 관심과 입주자들의 참여로 시작된 커뮤니티 프로그램이 진행되는 동안 오히려 내가 어르신들과 아이들에게서 뜻밖의 큰 위로를 받은 것 같다. 올해도 털실과 바늘을 준비하여 지난해보다 더 많은 아이와 어르신들의 따뜻한 만남을 기대해 본다. 입주민 간 정과 사랑은 나누어야 하고, 따뜻한 마음은 서로 이어져야 하기에….

그건 제 이름이에요!

나주용산1단지 김 인 천

2021년 10월 1일 오후 2시경, 관리사무소에 전화벨이 울렸다.

"관리사무소죠? 여기 우산각(마을 쉼터)에 사람이 피를 흘리고 쓰러져 있어요!"

다급한 목소리에 반사적으로 뛰쳐나가 도착한 현장에는 어르신 한 분이 코 주위로 피를 흘리며 쓰러져 계셨다. 술 냄새가 진하게 났고, 어르신은 숨을 가쁘게 쉬고 있었다. 나는 재빨리 119에 신고를 한 후, 어르신의 의식을 계속 확인하며 보호자에게 연락하기 위해 인적 사항을 여쭈어봤다.

"어르신, 어르신, 성함이 어떻게 되세요?"

"김…인…천…"

"어르신! 그거는 제 이름이에요! 제 이름 말고 어르신 이름을 말씀해 주셔야지!"

그러자 어르신께서는 또다시, "김…인…천…." 제 이름 세 글자를 또다시 외치셨다. 왜 그날따라 나는 외투 안이 아닌 외투 밖으로 사원증을 꺼내 놨을까요…? 어르신이 내 사원증을 보고 말씀하신다고 생각하였고, 나는 사원증을 어르신께 보여드리며, "어르신, 김인천은 제 이름이에요. 어르신 이름을 알려주셔야 보호자한테 연락을 할 수 있어요. 어르신 성함이 어떻게 되세요? 기억이 안 나세요? 지금 구급차 금방 온대요. 아프셔도 조금만 참아주세요. 어르신…."

이렇게 다급했던 나와는 달리 어르신께서는 또다시, "김…인…천…"이란 세 글자만 말씀하셨고, 나와 어르신은 '김인천'이란 무한의 굴레에 빠지게 되었다.

답답했던 나는 지나가는 주변 입주자분들을 붙잡고 어르신의 이름을 물어보았지만, 아는 분은 없었다. 하필이면 입주자들의 세세한 부분을 많이 알고 있는 신 대리님이 당일 휴가인 게 야속하기만 했다. 벼랑 끝에 몰린 사람처럼 제자리에서 발만 동동 구르다가 한 가지 생각이 떠올랐다. '아, 이거 말고는 답이 없어. 어르신 옷 속 지갑을 찾자. 신분증이 있을지도 몰라!' 그 생각이 떠오른 즉시 나는 어르신에게 양해를 구했다.

"어르신, 제가 진짜로요… 제가 뭐 훔쳐 가거나 그러려고 어르신 지갑을 뒤지는 게 아니니까 이해해 주세요. 진짜 저를 믿어 주세요."라며 옷 속에 있는 지갑을 꺼내 신분증을 확인하던 그 순간! 어르신 지갑 속 신분증을 보고 나는 얼어붙어 버릴 수밖에 없었다.

어르신 신분증에 적힌 '김!인!천!'이라는 세글자. 그랬다. 어르신은 나와 동명이인이었다! 정말로 너무 죄송한 마음과 창피함 그리고 충격이 교차했다.

그 순간 구급차는 도착했고 충격도 잠시, 구급대원분들에게 어르신의 상태와 어쩌다 이렇게 되셨는지 제보자에게 들은 얘기를 설명해 드렸다. 구급대원분들은 보호자 연락처 등 가족에게 연락하는 방법을 아냐고 물었고, 나는 관리사무소에 보호자 연락처가 있으니 보호자에게 전달해 드리겠다고 했다. 어르신을 병원으로 이송하는 구급차를 바라보며 '여기가 인천도 아니고 경기도도 아니고 전남 나주인데 김인천이 2명이라고…? 진짜 이게 꿈이 아니라고…?' 구급차가 시야에서 사라질 때까지도 현실을 부정했으며, 어르신께 계속 제 이름이라고 했던 그 순간이 너무 창피하여 얼굴이 화끈거렸다.

관리사무소에 복귀해 위대리에게 자초지종을 설명하니, "맞아, 입주자 중에 너랑 이름이 같은 분이 계셨어. 진짜 신기하다. 어떻게 그런 우연이 있냐?"면서 계속 웃으셨다. 그 일이 있고 나서 흔하지 않은 이름이며 동명이인이기에 김인천 어르신에게 조금 더 관심을 가지고 만나면 불편하신 곳은 없는지 지속해서 관심을 가지고 대하고 있다. 또한 하자 처리를 위해 세대를 방문하면 내적 친밀감이 생겨 다른 곳은 불편한 부분이 없으신지 더 챙기려고 노력하고 있다.

'김인천'이란 이름을 가진 분을, 인천도 아니고 나주에서 만나 이러한 웃지 못할 에피소드가 생겼다는 게 신기했다. 하지만 사고 당시, 아프신데 제대로 알아듣지 못해 불편함을 끼친 것에 대해서는 아직도 죄송한 마음이 있다.

건강한 마을공동체

포항창포1단지 신 우 철

우리 단지 1동 통장님이 씩씩거리면서 관리사무소로 들어오셨다.

"아유~, 7층 **1호에서 시체 썩는 냄새가 나~!"

"그래요? 같이 가보실까요?"

통장님과 해당 세대로 올라갔다. 초인종을 누르고, 문을 두드렸다.

"계세요?"

문손잡이를 붙잡고 이리저리 돌려도 봤지만, 문은 잠겨 있다. 현관문 틈 사이로 뭐라고 설명할 수 없는 냄새가 퍼져 나와 코를 찔렀다. 벨을 한 번 더 누르고 다시 문을 두드렸다. 아무 반응이 없었다. '아무도 안 계시는가?' 하고 돌아서려는 순간, 인기척이 들렸다.

"볼 일 없어요, 가세요~!"

"관리사무소 직원입니다. 민원이 들어와서 찾아왔어요. 잠깐 이야기 좀 나누실 수 있을까요?"

"……."

대화해보려고 시도했지만, 그 이후 아무 말도 들을 수 없었고, 통장님에게 다른 방법을 찾아보자고 하고는 일단 관리사무소로 돌아왔다.

일주일쯤 후, 몇 차례의 통화와 방문에도 해당 입주자를 만날 수 없었다가, 갱신계약 안내차 방문했다고 하자 드디어 현관문을 열어주어 입주자와 직접 대면하게 되었다.

'세상에 이런 일이…!'

순간 내 눈을 의심했다. 집 안이 보이지 않을 정도로 현관부터 거의 천장까지 가재도구인지 쓰레기인지 알 수도 없는 온갖 잡동사니들로 가득 쌓여 있었다.

12평 남짓한 집 안의 현관에서 거실까지 가는데 2~3분은 족히 걸렸을까? 각종 폐기물이며, 머리 위로 떨어지는 바퀴벌레, 쥐의 사체로 보이는 알 수 없는 덩어리들…. 그 사이로 대여섯 마리의 강아지와 고양이가 온 집안을 헤집고 다니면서 울어댔다. 정신이 몽롱하고 아득해졌다.

어렵사리 정신을 부여잡고 조금씩 안으로 들어가는데, 이번엔 먼지 때문인지 재채기가 나오고 가렵기까지 했다. 정말 그대로 돌아 나오고 싶은 마음이 굴뚝같았지만 그래도 입주자에게 도움을 주고자 방문을 한 것이니만큼 틈틈이 숨을 참아가며 조심스럽게 이야기를 건넸다.

"사모님, 외부기관의 도움을 좀 받아서 세대 내부 청소하시는 것 좀 도와드려도 될까요?"

"아, 일없다니깐~. 그 얘기 하려거든 돌아가세요!"

매몰차게 거절하는 입주자의 반응에 이제는 어쩔 수 없다고 판단하고, 다음번에 복지관의 도움을 받아 다시 방문해야겠다고 생각하며 돌아 나오려는데, 안방구석에 몸이 불편해 보이는 여자아이가 눈에 들어왔다. 들어올 때는 사람이 있는 줄 몰랐는데, 딸아이는 웅크린 자세로 누워 미동도 없이 쓰레기 더미에 파묻혀 있었다.

누군가 발목을 잡은 듯 돌아 나오는 발걸음이 무거워지는 것을 느꼈지만, 다시 한 번 확실한 대책을 준비해서 방문하기로 다짐하며 힘겹게 세대를 빠져나왔다.

어느새 7층 복도에는 이웃 주민들로 가득했고, 여기저기서 욕설과 고성이 난무했다. **1호의 옆집에 사는 어르신은 옆집에서 넘어온 바퀴벌레 때문에 피부병이 심해졌다고 목청을 높였다.

예전부터 친해 보이던 같은 층 아주머니는 안됐다는 표정으로 타이르기도 했다.

"사랑이 엄마! 사랑이를 생각해서라도 쓰레기 좀 치우고 살자~!" 본명인지 애칭인지 알수는 없었지만, 그 어린 여자아이를 이웃 주민들은 사랑이라고 불렀다. 순간 사랑받아 마땅한 아이라는 생각에 갑자기 울컥해졌다.

하지만, **1호 입주자는 타이르는 말에 더 화가 나는 모양이었다.

"가! 가라고! 내가 알아서 해!"

다른 입주자는 사랑이 엄마가 예전에는 집도 깨끗하고 생활력도 강해서 늘 이웃들에게 칭찬이 자자했다고 했다. 지금으로는 상상이 가지 않았다. 그렇게 또 하루가 지나갔다.

그리고 며칠 후, 이웃 주민으로 추정되는 누군가에 의해 장애아동 학대 신고가 접수되어 경찰관과 소방관, 행정복지센터 공무원이 해당 세대를 방문했다. 물론 관리사무소장님을 따라 나도 함께 올라갔다.

"어머니, 어떻게 하시겠어요? 이런 환경에서는 아이도 위험하고…, 신고가 들어온 이상 저희도 이대로 놔두고 돌아갈 수가 없어요. 우선 이른 시일 안에 복지관이랑 센터에서 도와드릴 테니깐 집 안 청소부터 할 수 있게 도와주세요."

"······"

경찰관과 행정복지센터 담당자의 질문과 설득에 입주자는 계속 묵묵부답으로 일관하다가 결국에는 마음의 문을 열고 조심스럽게 도움을 요청했다.

"···그럼···, 도와주세요···."

입주자는 미안하고 부끄러워서 화를 냈지만, 본심은 깨끗한 환경에서 생활하고 싶고, 장애가 있는 딸한테도 미안한 마음뿐이라며 눈물을 보이셨다.

관리사무소장을 비롯한 직원들과 행정복지센터 담당자는 회의를 거쳐 장애인복지관, 종합사회복지관, 장애인피해지원센터 등 장애인 권익 보호기관 등으로 구성된 어벤져스 사례관리팀을 구성하고 본격적인 관리에 들어가기로 했다.

우선, 오랫동안 방치된 쓰레기들로 오염이 너무 심해서 소독을 해야 했는데, 이웃 세대로까지 퍼져나간 바퀴벌레 민원을 해결하기 위해 소독업체의 도움을 받아 해당 층 모든 세대를 소독을 시행했다. 입주자는 소독과 청소를 실시하는 동안 임시숙소를 마련하여 지낼 수 있도록 조치했고, 소독은 4회에 걸쳐 실시했다.

또한 앞으로도 관리사무소에서 주기적인 소독과 시설 점검을 해서 입주자 가족이 쾌적한 환경에서 생활할 수 있도록 적극적으로 도움을 주기로 했다. 청소를 마친 후에는 외부의 지원을 받아 도배·장판은 물론, 창호 교체, 벽면 석고 작업 등도 진행할 수 있었다.

처음 민원이 제기되고 두 달여의 시간이 지나 새롭게 탈바꿈한 보금자리가 마련되었다.

"집이 너무 깨끗해져서 딸아이도 너무 좋아합니다. 정말 감사드려요." 입주자는 미안한 듯 수줍어하며 감사의 인사를 전했다.

그 후로도 관리사무소에서는 복지관과 연계하여 생필품과 장애 아동을 위한 목욕 서비스 등을 제공하고, 주기적으로 소독과 세대 내 시설 점검을 통해 안전하고 쾌적한 환경에서 마을공동체의 일원으로 살아가실 수 있도록 지속적인 노력을 하고 있다. 입주자분도 정신과 상담 치료 후 현재까지 딸아이와 함께 건강하게 생활하고 있다.

가슴 따뜻한 봄 소풍

진주평거2단지 장 진 영

"우리 아파트도 참가하고 싶은데 어떻게 해야 하는지 모르겠다."

2021년 5월의 어느 날, 임차인 대표님이 여느 때와 같이 관리소를 방문하셨다.

"무슨 일 있으세요?"

평소와는 조금 다른 분위기에 어떤 일인지 궁금해서 물어보니, "복지관에서 가족사진 찍어서 참가하라고 하는데, 신청 방법도 잘 모르겠고, 다들 혼자 살고 있는데 찍을만한 가족도 없고, 찍어 줄 사람도 없다."

그래서 복지관 홈페이지를 들어가 내용을 살펴보니, '2021년 가정의 달 기념 어울락 가족사진 공모전 공고문'이 있었다. 내용을 확인해 보니 '가족의 행복한 시간'을 주제로 사진을 찍어 제출하면 심사를 거쳐 소정의 상품권을 지급하는 내용이었다.

참고로 내가 근무하는 단지는 고령의 어르신, 장애인들이 많이 거주하고 있는 영구임대 아파트로써 주제에 맞는 세대를 찾기가 조금 힘든 감이 있다. 그래도 대표님의 이야기를 듣고 나니 무엇이라도 해보고 싶은 마음이 생겨 곰곰이 생각해 보니, 평소에 단지 환경에 적극적으로 참여해 주시는 한 세대가 생각이 났다.

아주머니와 아들이 장애가 있고 아버지는 오토바이로 재활용품 수거하고 그것을 팔아 생계를 유지하는 어려운 세대였다. 며칠 뒤 대표님이 관리소를 방문하셨다.

"생각해 봤는데 그 집 가족사진을 찍어서 신청하면 좋을 것 같아요."라고 말씀드렸다.

"그럼 어떻게 찍으면 되노?"

"제가 잘 찍지는 못하는데 이번 주 토요일에 진양호 가서 한 번 찍어 봐요. 제가 올게요."

"그럼 말해 놓을 테니깐 토요일에 나도 같이 가자."

"네."

막상 그렇게 약속을 잡아 놓으니 잘 찍어 드려야 한다는 생각이 들어 걱정되긴 했지만, 임차인 대표님께서 참가에 의의를 두고 그 가족의 추억 하나 만들어주는 게 좋겠다는 말씀에 힘을 얻었다.

약속한 토요일 오후 4시쯤. 대표님과 그 가족을 차에 태우고 진양호로 출발했다. 가족사진을 찍으러 간다고 미리 이야기를 해서 그런지 깔끔하게 옷을 맞춰 입고 나왔다. 진양호에 도착해서 평소에 봐둔 사진 촬영하기 좋은 장소를 다니며 사진을 찍었다. 하지만 막상 카메라로 찍기 시작하니 너무 의식해서인지 표정이 뻣뻣하고 자연스럽지 못했다. 그래서 중간중간 이런저런 얘기도 하고, 농담도 하고 음료도 마시면서 긴장을 풀고 사진을 계속 찍으니 결과도 점점 좋아졌다. 그렇게 즐겁게 사진도 찍고 다니면서 이야기도 하다 보니 2시간이 훌쩍 지나 6시가 넘어 해가 지기 시작했다.

"이 정도면 충분한 것 같아요."

"그래, 수고했다. 오늘 바람도 쐬고 재밌었다. 참가하는 데 의미가 있지 결과는 신경 안 써도 된다. 월요일에 보자."

며칠 후, 복지관 공모전에 사진을 제출하고, 그리고 얼마 후 복지관에서 가족사진 공모전 결과 발표에 '행복가득상' 수상을 했다. 부상으로 온누리 상품권 5만원은 그 가족에게 잘 전달되었다. 그리고 내가 또 해줄 수 있는 것이 없을까 생각하다 제일 잘 나온 사진을 아크릴 액자에 넣어 선물해주면 좋을 것 같아 찍은 사진으로 액자를 제작하여 직접 전달했다.

사진 공모전 제출 전에는 부담도 되고 괜히 했나 하는 생각도 들었지만, 막상 같이 가서 이야기도 하고 재밌게 사진도 같이 찍고, 거기에 더해 상까지 받아 그 가족에게 소중한 추억을 선물해 준 것 같아 뿌듯함을 느꼈고 다 함께 봄 소풍을 갔다 온 느낌이었다.

할아버지의 세상 구경

대구명곡2단지 김 명 근

2020년 3월 봄날 오후, 관리소로 다급한 전화가 왔다.

"2**동 앞 화단에서 미친 영감이 변을 보는데, 관리소에서 좀 나와 주세요!!!"

수화기를 놓고 바로 현장에 달려가니, 할머니 한 분이 지팡이를 짚고 절뚝거리는 어르신을 가리키고 있었다.

"어르신, 주민들이 다 이용하고 보는 화단에서 볼일을 보시면 어떡합니까?"

"야, 이 여편네야…!"

할머니에게 성질을 불같이 내시고는, 나한테는 대꾸도 없이 승강기를 타고 올라가셨다.

"저런 영감은 아파트에서 얼른 내보내야지. 원. 쯧쯧."

"참으세요. 제가 바로 치우겠습니다."

삽을 들고 와서 화단을 정리했다.

두어 달쯤 지나 악취와 타는 냄새가 난다는 신고 전화를 받고, 해당 층에 가보니, 그때 화단에서 사고(?)를 치신 그 어르신 댁이다. 집 안은 각종 쓰레기 더미와 빨래 등으로 가득 차 있었고, 어르신은 라면을 끓이다 태우신 듯했다.

"어르신 뭐 태우셨나 봐요…. 가족들은 없으세요?"

"없어. 내가 알아서 할게!"

자세히 보니 손과 발을 심하게 떨고 계셨고, 아예 걷지를 못하시는지 앉아서 손으로 몸을 끌며 나오고 계셨다. 그제야 그때 화단에 볼일을 보신 것도, 라면을 태우고 집안이 쓰레기로 가득 찬 것도 거동이 불편해서 발생한 일인 것 같아 이해가 갔다.

"어르신…. 여기는 공동주택이기 때문에 어르신이 못 치우고, 못 한다고 하면 그만인 게 아니라 다른 사람한테 도움을 받아서라도 이웃한테 피해 주는 일은 없어야 합니다. 일단 냄새도 나고 불이 날까 봐 옆집에서 걱정하는데…. 입구의 쓰레기부터 치울게요."

현관 입구부터 작은방, 발코니에까지 가득 차 있는 쓰레기를 매일 한두 묶음씩 방문하여 치워드렸다.

일주일쯤 그러고 있으니 관리사무소로 어르신께서 전화를 걸어 왔다.

"통장에서 돈을 좀 찾아 줘⋯."

또 며칠 뒤에는, "떡을 좀 사다 줘⋯."

그리고 또 며칠 뒤엔 "마트에서 라면을 좀 사다 주라⋯." 등등 며칠 걸러 한 가지씩 전화로 부탁을 하신다. 일단 군말 없이 부탁을 다 들어드렸다. 그리고 또 일주일쯤 도와드리다가⋯. "어르신⋯, 이때까지 어르신이 부탁하는 거 다 들어드렸으니, 이제는 제 부탁 좀 들어주세요. 저 혼자 집에 있는 쓰레기를 치우려니 힘들어서 그러는데⋯. 외부 지원을 좀 받아서 치울게요⋯."

"⋯⋯."

말씀이 없으시다. 침묵은 무언의 동의라고 했던가. 굳이 어르신의 대답을 더 들으려 하지 않은 채, 동 행정복지센터, 노인복지관 등에 도움을 요청했다.

행정복지센터의 맞춤형 복지팀 담당자와 노인복지관 등으로부터 도움의 손길이 바로 이어졌다. 복지관 담당자들은 해당 세대의 산더미 같은 쓰레기를 청소하고, 복지팀 담당자는 외부기관과 연계해서 인덕션, 조리용품, 영양식 등 지원 물품을 가지고 왔다.

지역의 공공의료원에서는 무상으로 출장 진료를 나와 진료를 해 주셨는데, 출장 진료만으로는 정확한 진단을 할 수 없으니 병원에 오시면 정밀검사를 받으시도록 해드리겠다고 했다. 진료를 받으려면 가족 동의가 있어야 하니, 그동안 단절되었던 가족과도 연락하게 되었고, 소원했던 자녀들도 주변의 도움에 감사해하며 한 번씩 방문하여 어르신을 보살피게 됐다.

그런데 가장 큰 문제는, 오래전에 위 절개 수술을 해서 소화 기능이 떨어졌는데 몇 년째 끼니를 생라면으로만 때운 식습관이 영양실조로 이어져 손 떨림 등 건강상 이상 증세가 나타나고 있는 것이었다. 어르신께서는 괜찮다며 병원은 죽어도 안 간다고 고집을 피우셨다.

나는 마침 입주자가 재활용으로 내놓은 휠체어를 하나 구해서, 말끔히 청소한 후에 통장 때문에 본인이 직접 은행에 가야 한다고 어르신을 설득했다. 죽어도 집 밖에 안 나가신다던 어르신은 휠체어 보시더니 생각보다 순순히 휠체어에 올라 앉으셨다.

근처 은행에 들러 업무를 보고, 좋아하는 떡도 한 봉지 사서 오고, 아는 이웃들과 인사도 나눴다. 단지에 들어와서는 어르신에게 예전에 잘 걸으실 때 다니던 단지 산책로를 한 바퀴 돌고 가자고 말씀드리니 순순히 그러자 하셨다.

"어르신, 거의 반년 넘어 집 밖에 나오신 거죠…? 보세요. 나오니 이렇게 좋잖아요….

치료를 받으면 예전처럼 걸으실 수도 있을 테니 치료를 받읍

시다."

"······."

대답을 안 하고 멍하니 먼 곳만 바라보신다.

'역시 침묵은 허락이시다.' 어르신을 집에 모셔다드리고, 관리사무소에 돌아와 그 길로 행정복지센터 복지담당과 통화를 해서 인근 의료원에 진료 날짜도 잡고 가족 동의도 구하였다.

그 다음 날 어르신 댁에 기분 좋게 방문했다. 늘 닫혀 있는 현관문이 활짝 열려 있고 안방에 깜깜하게 닫혀 있던 커튼도 훤히 열려 있었다. 대인기피증으로 죽어도 외부인 출입을 못하게 하여 안 받으시려는 도우미가 부엌에서 설거지하고 계시고, 가장 놀란 것은 어르신이 신나는 트로트 음악을 틀어 놓으시고 "얼른 와." 하고 웃으셨다.

얼마 후 어르신은 병원 검사를 받으셨지만, 건강이 너무 악화된 상태라 치료를 할 수 없었다. 요양원에 입소한 후 회복이 되면 치료를 받기로 하셨다. 가족들의 돌봄 속에 요양원에 들어가신 지 얼마 지나지 않아 돌아가셨다는 소식을 전해 들었다.

갑작스러운 소식에 마음이 먹먹해졌었지만, 나는 오늘도 어르신과 함께 휠체어를 끌고 걸었던 그 산책로를 지나며 그나마 마지막에 요양원 계시는 동안 단절되었던 아들, 딸들과 함께 시간을 보내게 되어 임종이 외롭지 않았을 어르신을 떠올려 본다.

치매 어르신의 아들

부안봉덕공공실버주택 이 명 화

오늘처럼 날씨가 꾸물꾸물 비가 내리려고 하는 날엔, 어김없이 찾아오는 어르신 한 분이 있다. 아니나 다를까? 멀리서부터 들려오는 입주자의 쩌렁쩌렁한 목소리에 나도 모르게 움찔해진다.

"우리 집 앞 복도 소화전에 관리소 네놈들이 머스마놈을 숨겨 놓고, 우리 집을 몰래 들락날락하며 감시하고, 내 물건을 다 훔쳐 가! 관리소 이놈들 가만 안 둘 거야! 당장 쫓아내! 쫓아내라고, 이놈들아!"

"어머니! 대체 우리가 언제 그곳에 사람을 숨겨났다고 그러십니까! 흥분하지 마시고 제가 지금 당장 올라가서 한번 확인해 보고 올 테니, 여기 앉아서 차 한 잔 하고 계세요."하며 안정을 시키고 입주자 집 앞 소화전을 확인해 보러 간다. 역시나 사람이 있을 리가 없다. 다시 내려와 입주자를 안심시키기 위해 나는 이렇게 말한다.

"어머니! 제가 그놈 다시는 우리 어머니 못 괴롭히게 내가 몽둥이로 실컷 때려주고 왔어. 소금도 뿌려줬고 다시는 안 올 테니 걱정하지 말고 저랑 같이 집에 가시죠."라고 하며 어머님을 안심시켜 드린다. 그러자 입주자는 믿을 수 없다고 다시 올라가 보자고 말씀하신다.

"봐봐. 어머니, 없죠? 이제 집에 들어가실 거죠?" 그제야 입주자는 다시 집으로 들어간다.

이렇게 한바탕 전쟁을 치러야지 조용해지는데, 문제는 일주일에 두서너 번씩 관리소에 와서 욕설과 폭언을 계속 퍼붓는다는 것이다. 관리사무소 직원들이 이런 상황을 지속해서 감당하기엔 너무 지치고 힘들어서 일단 해결 방법을 찾아보기로 마음먹고 보건소에서 운영하는 치매안심센터에 입주자의 현재 상황과 건강 상태를 알려 치매 검사를 시행해 보기로 협의하였다. 하지만 해당 입주자께서 쉽게 검사에 응하지 않았다.

그 후로도 매일같이 입주자의 집을 방문하여 상태를 살펴보았다. 어느 날 아침 방문한 그 날은 입주자의 기분이 무척 좋아 보였다.

"어머니, 저 왔어요. 식사는 하셨어요?" 하고 물으니, "아이고

아줌마가 웬일이야. 어서 들어와." 하시며 반갑게 맞이해 주신
다.

때는 이때다 싶어 어머님께 이런저런 대화를 나누다가, "어머
니, 요새는 선생님들이 집에 와서 같이 얘기도 해주고, 같이 그
림도 그리고, 놀이도 함께 해주는 프로그램이 있는데 한 번 해보
실래요?"

"아이고 그런 것이 있어? 그럼 한 번 해봐야지"하며 선뜻 집에
사람이 방문하는 것을 허락하셨다.

나는 그날 오후 해당 입주자의 이웃 세대를 방문하여 간곡한
부탁을 드렸다.

"어머니, 옆에 5**호 어머니 치매 있으신 거 아시죠? 저희가
이번에 5**호 그 어머니 치매 검사도 시켜드리고, 치료받으실 수
있게 도와드리려고 하는데, 본인이 치매인지를 모르세요. 5**호
어머니가 의심할 수도 있으니 어머니도 함께 같은 날 치매 검사
를 받으실 수 없으실까요? 한 번만 도와주세요."

"이보게 소장, 내가 정말이지 요새 잠을 못 자. 잠을…. 그 여
편네 밤마다 복도 나와서 소리치고 얼마나 시끄러운 줄 아는가?
그래도 내가 조금이나마 큰소리를 치면 들어가긴 하는데, 또 얼
마 안 지나면 나와서 고래고래 소리치는데 나도 사람 죽겠네. 그
래도 내 말은 들어 먹으니 그럼 내가 같이 검사를 받아볼까?"

5**호 입주자의 상태가 좋은 날을 봐서 보건소에 연락하였더니, 다행히 보건소 치매 안심팀 직원이 바로 와서 5**호를 함께 방문하여 입주자와 함께 이런저런 얘기를 나누면서 검사를 시작하였다. 입주자는 평소에 하나뿐인 아들 자랑과 함께 지나온 세월에 대해 많은 말씀을 하셨다.

"우리 아들이 말이여, 돈도 잘 벌고~ 인물도 좋고 키도 훤칠하니 여자들 중매가 끊이지 않았어~. 우리 아들 사진 좀 봐봐. 훤칠하지? 좀 있으면 나 보러 온다고 했으니까 그때 내가 꼭 보여 줄게…."

젊었을 때 매일 술을 먹고 들어오는 남편에게 아들과 함께 항상 가정폭력을 당했고, 그 때문에 아들을 데리고 도망쳐 나오셨다고 한다. 장장 2시간이 넘게 입주자의 옛날 얘기며 자식들 얘기까지 들으며 검사를 마무리하였다. 며칠 뒤, 치매안심센터로부터 연락이 왔다. 결과는 상당히 좋지 않았다. 도저히 공동주택에서 생활할 수 없는 상태라는 판정을 받았다.

그러던 어느 날, 안부차 5**호를 방문하여 초인종을 눌렀으나 대답이 없어 문을 열어보니 입주자가 꼼짝도 못 하며, "아이고~, 나 좀 일으켜줘. 내가 넘어졌는데 움직이지를 못하겠어."

바로 119에 전화를 했고, 구급차가 도착하여 입주자를 병원으로 이송하였다. 이송 중에 입주자의 휴대폰에 있는 아들이라고 적힌 번호로 계속 연락하였으나 전혀 받지를 않았다. 어머님의 휴대폰 통화목록에는 매일같이 아들에게 전화한 기록이 있었다. 하지만 돌아오지 않는 메아리처럼 받지 않는 전화를 날마다 걸었던 것 같다.

행정복지센터 사회복지과 직원과 통화하여 딸이 있다는 말을 듣고 연락처를 받아 전화해보았지만, 아주 어릴 적 엄마와 헤어져 자기는 전혀 만나고 싶지도 않다고 단호하게 거절하였다.

우여곡절 끝에 입원 수속을 마무리 짓고, 누워 계시는 입주자와 잠시 대화를 나누었다.

"어머니, 방금 아들 연락이 와서 통화했는데 요즘 너무 바빠서 내려오기 힘들다고 해요. 일 마무리되면 내려온다고 했어요. 우리 보고 어머니 좀 잘 부탁드린다고 했어요. 그러니깐 어머니 꼭 식사 잘 하시고 간호사 선생님들 말 잘 듣고 빨리 쾌차하셔야 해요! 그래야 아들도 하는 일 걱정 없이 잘 되고 또 어머니 보러 오죠." 이렇게 어머니를 안심시키고 입원 절차를 마치고 관리소로 돌아왔다.

어느덧 입주자가 요양병원에 입원한 지 1년이 넘었다. 그동안 코로나로 인해 면회가 되지 않아 가끔 간호사 선생님께 입주자의 안부만 확인했었는데, 얼마 전 해당 세대의 임대차계약 갱신

서류 발급을 위해 병원과 협의하여 외출 허락을 받아 요양병원에 계신 입주자를 휠체어에 태우고 행정복지센터를 방문했다.

서류 발급을 마친 뒤 병원으로 가는 차 안에서 어머님이 환하게 웃으며, "아이고 오랜만에 밖에 나오니 좋다. 총각도 잘 지냈지? 관리소 아줌마도 잘 있지? 집에 얼른 가고 싶네. 우리 관리소 직원들이 아들보다 낫네. 정말 고마워."하시며 환하게 웃으셨다. 건강 상태가 많이 좋아진 걸 보며 너무 흐뭇했다. 치매는 많이 좋아졌지만 고관절을 다쳐 전혀 거동할 수 없으니 다시 아파트로 돌아오기는 힘들 듯했다.

요즘도 문득 '얼른 집에 가고 싶네. 관리소 직원들이 아들보다 낫네.' 하시던 입주자의 말이 계속 귓가를 맴돌며 환하게 미소 짓는 어머니의 얼굴이 떠올라 나도 모르게 눈가가 촉촉해지며 가슴이 먹먹해진다.

벼랑 끝에서 만난 삶의 희망

경주금장단지 박 도 현

"여보세요? 서경주씨 되시죠? 다름이 아니라, 관리비하고 임대료가 3개월 이상 밀려 계셔 가지고요, 확인하시고 이번 달까지 꼭 좀 완납 부탁드리겠습니다."

그렇게 입주자 서경주씨와의 만남이 시작되었다. 관리사무소에 방문한 서경주씨는 얼굴이 창백하고 힘이 하나도 없어 보였다.

"다음 달에는 꼭 완납하셔야 합니다."

"네…."

서경주씨는 짧게 대답한 후, 몇 개월이 더 흘렀지만 밀린 관리비 중 일부만 냈을 뿐이었다. 그리고 얼마간의 시간이 지난 후, 서경주씨가 다시 관리사무소를 찾아왔다.

"늦어서 죄송합니다. 제가 어머니 병원에 다녀오느라고 늦었어요, 죄송합니다."

"아니요, 괜찮습니다. 그럴 수도 있지요. 그런데 어머니가 어디 아프신가요?"

그렇게 관리비와 임대료를 내지 못한 자초지종에 대한 그분만의 사정 얘기가 시작되었다.

서경주씨는 슬하에 어린 딸아이를 둔 미혼모였고, 우울증도 있었다. 현재 변변한 직장도 없으며, 어머니가 몇 달 전 사고로 인하여 허리를 심하게 다쳐 구미의 어느 병원에 입원 중이셨다. 그 병원에 아는 직원이 있어서 구미까지 간 것이다.

구미에 입원해 계신 어머니 병간호와 경주에 있는 어린 딸아이의 등교 문제로 일주일에 몇 번을 구미와 경주를 왔다 갔다 하고 있었다. 언니가 있었지만, 형편이 좋지 않았고 우울증도 있어 어머니에게 신경 쓸 수 있는 상황이 아니었다. 병원에 간병인을 고용할 형편도 안 되어 직접 먼 길을 오가고 있었다.

평소에 전화하면 딸아이가 전화를 받았던 것은 휴대전화가 하나밖에 없어 병원에 갈 때는 딸아이에게 휴대전화기를 맡기고 간 때문이다. 딸아이는 나이가 어려 전화를 해도 소통이 쉽지 않았다. 그런데도 구미 병원에 갈 때는 혹시나 하는 상황을 대비해 딸아이에게 휴대폰을 맡길 수밖에 없었다.

자초지종을 다 듣고 아주 심각한 상황임이 느껴졌고, 내가 무언가 도와야겠다는 생각이 들었다. '이분은 하루하루가 힘들 것이다. 관리사무소에서 이분에게 희망이 되어드리자!' 결심했고, 관리소장님과 동료 직원들에게 이분에 관한 내용을 알렸다. 그리고 평소 관리사무소에 우호적이신 이장님께도 이 내용을 전달하고 상의하였다. 이장님께서는 그분을 한번 만나보고 싶어 하셨다.

그리고 며칠 후, 서경주씨가 어머니 간병을 하고 경주로 돌아오는 날에 맞춰 방문 약속을 잡았고, 나는 마침 다른 세대에 일이 있어 이장님이 먼저 방문하셨는데, 내가 일을 마치고 서경주씨의 세대에 들어가려는 찰나, 집안에서는 통곡 소리가 들렸다. 난 밖에서 기다리기로 했다. 잠시 후 이장님이 눈물을 훔치시며 나오셨다. "이분은 저희가 꼭 잘 되게 도와줍시다. 너무 마음이 아픕니다."

그때부터 일의 진행은 급속도로 빨라졌다. 이장님을 통해 면사무소와 연계하여 방법을 찾기 시작했다. 소장님과 직원들 또한 복지 관련 정보를 이리저리 찾기 시작했다. 그리고 마침내 평소 이장님과 친분이 있던 면사무소 직원의 도움으로, 시청과 연계하여 서경주씨를 도울 수 있는 긴급생계지원금을 받을 수 있었고, 이후 특별지원금을 한 차례 더 지원받아 밀린 관리비와 임대료를 전부 완납할 수 있었다.

서경주씨는 뜻밖의 해결에 매우 놀라며 고마워했다. 그 밖에도 다른 곳에서 빌린 대출금 문제로 관리사무소에 자문을 구하러 올 때면 직원들이 모두 밝게 맞이하였고, 조금씩 서경주씨의 얼굴에도 미소가 돌아오기 시작했다.

하지만 여기서 끝낼 일이 아니라고 생각했다. 이장님과 직원들은 다시 한 번 심도 있는 협의를 위해 모였다.

"지금 당장은 관리비, 임대료를 완납하였지만, 머지않아 금방 또다시 밀리게 될 것입니다. 뭔가 근본적인 해결책이 필요합니다." 이장님과 면사무소 직원과 이 부분을 놓고 방법을 찾던 중 생각지도 못했던 기초생활수급자 자격 여부를 알아보게 되었고, 경주시청에서도 여러 정황을 다 검토하기 시작했다.

과정이 쉽지 않았지만, 서경주씨는 마침내 기초생활수급자 신분이 되어 국가로부터 임대료를 지원받을 수 있게 되었다. 그야말로 벼랑 끝에서 희망의 태양이 떠오르기 시작한 것이다. 이 모든 과정에서 서경주씨와 직원들은 서로 농담을 주고받을 정도로 가까워졌다.

최근 서경주씨가 관리사무소를 다시 찾아왔다. 예전부터 사회복지 분야에 관심을 두고 관련 자격증을 가지고 있다며 조만간 사회복지관에 취업할 것 같다고 했다. 서경주씨의 얼굴에는 생기가 돌았다.

도움을 드려도 될까요?

경주용강1단지 김 현 진

코로나19가 발생한 이후로 실직을 하고 일용직으로 근근이 생활하시는 분들이 많아졌고, 경제적 어려움으로 인해 임대료와 관리비를 체납하는 세대가 부쩍 늘었다. 관리비와 임대료를 체납한 세대에게 전화를 걸어 납부를 독려하는 일은 취약계층이 거주하는 공공임대주택을 관리하는 일 중에서 매우 부담스러운 일이다. 그런데도 체납으로 인해 주거생활이 불안정해지는 불상사를 막기 위해서 그날도 세대에 전화를 걸었다.

"안녕하세요? 관리사무소 김현진 입니다.

"아, 네…."

"최근 임대료와 관리비가 많이 밀려 있으신데, 이번 달에 납부가 가능하실까요?"

"네, 죄송합니다. 다음 달에 돈 들어오면 꼭 내겠습니다."

입주자는 다음 달에 관리비를 내겠다고는 했지만, 목소리에 힘은 없어 보였다. 평소 무릎 통증으로 병원을 자주 다니고 입원도 자주 하셨던 입주자였다.

"건강이 좋지 않으신데 일할 만한 데는 있으신가요? 현재 일반세대로 되어 있으신데, 고정적인 소득은 있으신가요?"

최근 임대료와 관리비 납부 안내를 하면서 이런저런 얘기도 많이 들었고, 일반세대라서 임대료와 관리비가 더욱 많이 나오기에 경제적 부담이 더욱 큰 세대라는 걸 알고 있었다.

"혹시 관리사무소에서 도움을 드리는 게 불편하지 않으시다면, 기초생활 수급 세대 관련해서 안내드려도 될까요?"

가끔 도움을 드리려는 의도와는 다르게 자존심이 상했다며 화를 내시는 입주자가 있어 조심스레 여쭤봤다.

"제가 기초수급 혜택을 볼 수 있는 건가요?" 다행히 입주자께서는 관심을 보이신다. "동 행정복지센터에 가셔서 자산 관련 상담을 받으시고, 현재 소득이 없으시면 조건부 수급자에 해당될 수 있는지 상담받으시면 좋을 것 같습니다."

"아, 고맙습니다. 오늘 중으로라도 행정복지센터에 가보겠습니다."

나는 입주자가 행정복지센터 가기 전에 행정복지센터의 기초생활수급 담당자와 유선으로 해당 입주자와 비슷한 조건에 대한 대략적인 상담을 받을 수 있었다.

"조건이 되면 생계급여 조건부 수급자 등록을 할 수 있습니다."

행정복지센터의 담당자로부터 긍정적인 답변이 돌아왔다. 만약 한시적으로라도 수급자 등록이 된다면 입주자는 수급자 혜택을 받아 밀린 관리비와 임대료를 낼 수 있을 것이라 생각했다.

상담 결과 입주자는 운행하지 않는 차량 보유로 인해 자산 기준을 초과하여 생계급여형 수급자가 되지 않았고, 수급자 혜택을 받기 위해서는 보유 차량의 말소 처리가 필요했다. 입주자는 행정복지센터에서 차량 폐기 관련 행정절차를 밟기로 하였다. 그러는 동안 나는 추가로 차량등록사업소에도 문의를 했다.

"우리 단지 입주자께서 현재 이런 상황이니 빠른 처리를 부탁드립니다."

며칠이 지나고 입주자가 관리사무소에 방문했다.

"조건부로 생계급여를 받을 수 있게 되었어요. 그리고 신분 변경이 되면서 보증금도 일부 돌려받아 임대료와 관리비도 납부할 수 있게 되었네요. 관리사무소에서 도와주신 덕분입니다. 정말 감사드려요."

"너무 잘 되셨네요. 그동안 너무 고생하셨습니다."

연신 감사의 인사를 건네며 관리사무소 문을 나가시는 입주자의 모습을 보며 입가에 미소가 번졌다.

생명지킴이의 필요성

칠곡왜관휴먼시아4단지 김 현 재

2021년 9월 어느 날 오후 2시경, 정신건강복지센터 직원 2명이 바삐 달려온 탓인지 가쁜 숨을 몰아쉬며 관리사무소를 방문하였다.

"저희가 그동안 사례관리 해 온 분이 요 며칠 사이 센터로 오시지도 않고 전화 연락도 되지 않는데…, 도와주세요!"

가슴이 철렁 내려앉는 느낌을 받으며 긴급 상황임을 직감했다. 센터에서 주기적으로 방문 상담을 하면서 아픔을 치유하고자 부단히 노력해 오던 분이 최근 방문도 하지 않으시고, 안내 전화도 받지 않은 채 연락이 끊어진 지 4일째라고 했다.

"같이 함께 올라가 보시죠!"
'필요하면 경찰 입회하에 출입문을 강제 개방이라도 해야겠구나' 하는 생각을 되뇌며 해당 세대로 센터 직원들과 동행하여 올라갔다.

"딩동! 딩동! 계십니까? 아무도 안 계세요?"

무슨 일이 생긴 건 아닌지 걱정되는 마음으로 잠겨 있는 현관 문을 여러 번 두드렸고, 혹시 작은 인기척이라도 놓칠세라 귀를 기울였다. 1초가 1분같이 느껴지는 긴장감 속에 약 5분 정도 지나고, 경찰서에 강제 개방 요청을 위해 전화기를 누르려는 찰나, 비틀거리며 문을 열어주는 입주자를 보게 되었다. 센터 직원은 의식이 몽롱한 입주자와 몇 마디 이야기를 나누고 즉시 119를 불러 응급실로 긴급후송을 할 수 있었다. 수면제 복용, 자살 시도 의심이라는 119 직원의 나지막한 말에 '하늘이 도왔구나' 싶었다. 센터 직원들은 이후부터는 본인들에게 맡겨 달라며 연락처를 남기고 떠났다.

그날 오후, 받아놓은 센터 직원의 연락처로 전화를 했다.

"응급실로 간 입주민은 별 탈 없이 입원 잘 하셨죠?"

"다행히 병원에서 치료받고 지금은 안정을 많이 되찾으셨습니다."

센터 직원이 상담해보니 입주자는 삶을 비관하였고, 수면제를 먹고 자살 시도를 한 것이라고 했다. 우리가 방문하기 며칠 전에 수면제를 과다복용한 후 다가오는 삶의 마지막을 기다리고 있었으며, 만약 자살 시도가 실패하면 밖으로 뛰어내릴 생각까지 할 정도로 심한 우울감을 겪고 있었다고 했다.

"귀가하기에는 위험해서 행정입원으로 센터에서 진행하고 있습니다."

"감사합니다. 위급한 순간에 고생하셨습니다."

소중한 생명을 구하셨다며 센터 직원에게 재차 감사 인사를 하였다. 그리고 입원한 병원을 확인하고 관리사무소에서 협조가 필요한 게 있으면 언제든 연락하시라고 말씀드렸다.

다음 날, 저는 걱정된 마음으로 입주자의 연락처로 안부 전화를 했다.

"안녕하세요? 몸은 괜찮으신가요?"

"급하게 집을 나오게 돼서 문단속도 못 했고, 체납된 관리비가 걱정이네요."

"알겠습니다. 말씀해 주신 것 확인하고 또 연락드리겠습니다. 건강이 우선이니 몸조리 잘 하시기를 바랍니다."

세대를 방문해서 열린 창문, 보일러 외출 작동 등 간단한 정리 작업 중 식탁 위에서 극단적인 선택 전 작성한 것 같은 유서를 발견했다. 휘어 갈긴 필체와 꼬깃꼬깃한 종이 한 장을 보며 당시 누구보다도 절망적이고 삶의 마지막 갈림길에서 자신을 극한으로 내던질 수밖에 없었을 입주자의 마음을 조금이라도 느낄 수 있어서 안타까움에 맺히는 눈물을 참으며 문단속을 마쳤다.

그리고 지역사회보장협의체의 위원이신 관리소장님을 통해 행정복지센터 복지계 주무관과 인근 지역복지관에 연락하여 긴급 지원을 요청했고, 다행히 체납 문제를 일부 해결할 수 있었다. 행정복지센터 주무관으로부터 주거급여 신청도 진행한다는 소식을 전해 듣고 입주자에게 기쁜 마음으로 다시 전화를 드렸다.

"안녕하세요. 문단속도 잘했고, 우려하시던 체납 문제도 행정기관을 통해서 내용 전달했으니까 안내받으시면 됩니다. 건강하세요."

"정말 감사합니다…. 감사합니다."

'안도의 감정이 북받쳤기 때문일까?' 입주자는 이내 떨리는 목소리로 감사의 인사를 건넸다.

약 3개월이 지난 12월쯤, 안부 전화를 드리니 건강하게 퇴원하여 지금은 친구 집에 잠시 머무르고 있다고 했다. 어려움이 있으면 언제든지 관리사무소로 상의해 주시라며 통화를 마무리하였다. 이러한 경험을 통해 생명지킴이 "게이트키퍼" 양성 교육의 필요성을 크게 느꼈다.

생명지킴이 '게이트키퍼'는 자살 위험에 처한 주변인의 신호를 인식하여 지속적인 관심을 가지고 그들이 적절한 도움을 받을 수 있도록 전문기관 또는 전문가를 연계해 주는 역할을 하는 사람으로서, 지역 정신건강복지센터나 보건소에서 일정 교육을 이수한 후 활동할 수 있다.

우리 관리사무소에서는 입주자 간담회를 열어, 생명지킴이 교육에 대한 설명회를 두고 교육희망자를 신청받았다. 또한 지역보건소 담당자에게 입주자를 대상으로 한 생명지킴이 양성 교육을 요청하였고, 코로나19라는 어려운 상황에서도 입주자 대표 6명과 함께 생명지킴이 양성 교육을 받을 수 있었다. 이에 그치지 않고 지속 가능한 주민역량 강화 프로그램으로 정착시켜 연말에 2차 입주민 생명지킴이 양성 교육을 실시했다.

매일 1만원을 받으러 오는 입주자

김천부곡2단지 김 상 철

입주자 백건강 씨는 매일 만 원을 받으러 관리소에 방문했다. 내가 백건강 씨의 생계급여 관리자로 지정되어 생활비를 관리해주기 시작한 건 올해로 3년째다. 백건강 씨는 60대 초반의 나이에 심한 알코올 중독자로서 근로 능력이 없으며, 식사는 거의 하지 않고 항상 막걸리에 취해 있다. 국민연금 일시금으로 받은 200만원을 술값으로 일시에 탕진하고 외상값, 개인 채무 등의 문제로 임대료와 관리비까지 장기 체납하여 퇴거 위기에 놓이게 되었다.

체납 세대 입주자들과 관리소장의 1:1 상담을 통해 백건강 씨가 처한 어려움을 알게 되었고, 우선 경제적 위기를 같이 해결하고자 고민이 시작되었다.

먼저, 정부 지원 연계가 가능한지 확인하고, 구체적인 지원 요건을 찾아보고자 행정복지센터 기초생활 수급 담당자와 시청 사례관리자, 그리고 백건강 씨와 함께 해결 방안 회의를 진행하였다. 백건강 씨의 경우 적극적인 경제적 지원, 알코올 중독 치료가 절실한 상태라는 결론에 이르렀고, 다음과 같은 방안들을 실행하였다.

첫째, 행정복지센터를 통해 긴급구호자금을 지원받아 연체된 임대료와 관리비 문제를 일부 해결했다.

둘째, 백건강 씨를 데리고 병원을 찾아가 근로 능력 평가용 진단을 받고, 판정 결과지를 받아 기초생활 수급 신청을 도와주었다. 다행히 수급자 신분을 얻어 주거급여와 생계급여 지원을 받게 됐다.

셋째, 요양보호사를 파견받을 수 있도록 행정복지센터와 협의하여 집 청소, 밑반찬 마련 등 일상생활 돌봄을 받을 수 있도록 했다. 백건강 씨는 독거인으로 밥 대신 막걸리로 끼니를 때우는 경우가 많아 안색이 급속도로 나빠진 상태였다. 다행히 요양보호사를 파견 받아 돌봄 서비스를 받으면서 점차 안색과 기력을 되찾았다.

마지막으로, 내가 백건강 씨의 생계급여 관리자로 지정되어 일자별로 생활비를 지급하고, 관리비 및 각종 공과금이 미납되지 않도록 은행에 동행하여 자동이체 납부 신청을 도왔다.

하지만…. 백건강 씨의 따뜻한 봄날 같은 변화는 그리 길게 지속되지 않았다. 경제적 자립도를 높이고자 매일 1만원씩 받아가는 생활비를 점차 3일, 5일, 일주일 단위로 늘려서 지급했다. 하지만 한 번에 받아 가는 금액이 커질수록 받은 생활비 전부를 술을 사 먹는데 써버렸으며, 때로는 돈을 받아 갔음에도 돈을 받지 않았다고 관리사무소로 찾아와 "내 돈 내놔, 내 돈!" 생떼를 부리고 관리소 직원들에게 거친 욕설과 행동을 하는 횟수가 점점 늘어났다. 만성적인 알코올 중독으로 기억력이 감퇴하여 몸과 마음이 형편없이 망가지고 있는 것 같았다.

나는 다시 매일 1만원씩 생활비를 지급하면서 조금 더 꼼꼼하게 생계급여를 관리하였고, 시청 담당자와 협의하며 알코올 중독 치료를 위한 논의를 했다. 몇 차례의 회의를 거쳐, 백건강 씨가 아직 65세 미만 만성질환자여서 노인시설 입소는 어려운 상황이라 일단 요양병원에 입원 치료를 받도록 했고, 백건강 씨는 3개월 가량 치료 후 퇴원했다.

하지만 백건강 씨는 퇴원 이후에도 음주 습관이 개선되지 않았고, 현재 3개월씩 요양시설을 오가며 희망의 끈을 놓지 않고 건강한 삶을 이어가고자 노력하는 중이다.

홀로 사는 할머니의 아파트 정착기

정촌올리움단지 배 지 영

"여기 아파트에 우리 엄마랑 같이 살고 싶어요."

추운 겨울 유난히 바람이 차게 불던 1월 중순쯤, 예비입주자 모집공고를 보시고 부랴부랴 관리사무소로 발걸음을 재촉하셨다는 아주머니 한 분이 찾아오셨다. 다 쓰러져가는 춥고 지저분한 주택보다 새 아파트에, 보호자가 미리 거주하고 있는 가족 가까이 할머니를 모시고 싶다고 나에게 간절하게 말씀하셨다.

"아가씨, 우리 엄마 혼자 촌에 지내시는 게 마음이 쓰여서, 꼭 여기서 살게 해주세요. 나도 여기 살고 있으니 옆에서 지내고 싶어요." 눈시울을 붉히며, 연거푸 한숨을 내뱉는다.

"어머니, 당첨자 발표가 4월에 나니까, 그 이후에 최대한 빨리 할머니랑 우리 아파트에 같이 지낼 수 있도록 도와드릴게요."

접수를 마무리한 나는 안쓰러운 마음에 관리소 밖으로 배웅해 드렸다.

어느덧 9월 늦더위 한창 무렵, 할머니 한 분의 고함이 관리사무소 앞을 쩌렁쩌렁 울리고 있었다.

"놔라! 놔라! 나는 여기 못 산다. 죽어도 못 산다."

"엄마, 집을 여기로 다 옮겼는데 자꾸 어디를 간다고 그러는데?"

"내 집은 촌에 있는데 내가 뭐 하러 여기서 사노? 비켜라! 밭에 갈 거다. 그리고 낸 여기 안 살 거라고 했다."

등이 완전히 굽으신 백발의 할머니와 1월에 찾아오셨던 따님이 서로 실랑이를 벌이고 있었다. 한눈에 봐도 할머니 고집이 완강하여, 따님이 이러지도 저러지도 못하고 당혹해하는 모습이었다. 보행보조기를 연신 관리사무소 밖으로 향하며 잰걸음으로 나가시려 하고, 따님은 그 앞을 막아서는 모양새가 여간 탐탁지 않아 보였다.

"어머님, 무슨 일이세요?" 관리사무소장이 할머니를 부축하시며, 건네는 말이었다.

"소장님, 우리 엄마가 말을 안 들어요. 오늘 이사한다고 준비 다 했는데 갑자기 집에 가겠다고 말썽을 부리네요. 어린애처럼 왜 이러시는지 모르겠어요."

관리사무소 한편의 주민상담실에 모신 후 두 분 이야기를 차

근차근 들어보았다.

정작, 계약자 본인인 할머니께서는 약간의 치매 증상이 있다며, 본인으로 인해 다른 입주자에게 민폐를 끼치지 않을까 하는 우려가 심하셨다. 또한 텃밭이 있던 이전 주택에서 홀로 사는 것에 익숙해져 있던 터라, 많은 사람이 함께 거주하는 아파트에서 사는 것에 대한 거부감을 가지고 계셨다. 게다가 가족들은 가능하다면 저층을 배정받길 바라셨지만, 9층으로 배정받게 되었다.

"어머님, 여기 아파트 위험한 곳이 아니에요. 따님도 근처에 사시는데 뭐가 걱정이세요? 그리고 무슨 일 생기면 저희 직원이 언제든지 도움 드릴 수 있어요."

"그래, 엄마. 우리도 근처에 있으니깐 너무 걱정 하지 마."

소장님과 따님이 번갈아 가며 달래고 또 달래드렸다. 이내 할머니께서는 마음이 조금 누그러졌는지 며칠 지내보겠다고 말씀하시곤 따님과 집으로 향하셨다.

하지만 할머니는 입주일 이후 본인 동호수를 잊어버리는 일이 빈번하였고, 특히 승강기를 타는 것을 극도로 싫어하셔서 직원들을 당황하게 하였다. 아파트에 거주하는 걸 교도소에 사신다고 착각하셨고, 보호자의 만류에도 불구하고 매번 단지 내·외부로 나가 고향 집에 보내 달라 아우성이었다.

"삐! 삐! 삐! 비상호출입니다. 삐! 삐! 삐! 비상호출입니다."

관리소 비상호출 부저가 울리기 시작한다. 곧장 방재실로 뛰어가는 강주임과 이주임이 곧 비상호출 시스템과 CCTV 영상을 확인한다.

"아! 아무래도 그 할머니 같은데요? 또 그러시나 봐요."

"주임님, 가족분들에게 연락드리고 할머니 달래드리러 갑시다."

"오늘은 좀 더 심하신 것 같은데요? 가족들 오실 때까지 달래드리죠."

할머니가 집을 몰래 나가셨을 때 간혹 주변 입주민들이 알아봐 주시고 관리사무소로 호출하는 상황이 한 번씩 일어난다. 보호자는 물론 관리사무소 직원들 모두 지쳐가는 안타까운 상황이 지속해서 발생하는 와중에 할머니가 아파트 단지 내에 잘 적응할 수 있도록 도와드리는 방법이 무엇이 있을까 고민하게 되었다.

"소장님, 1**동 **1호 할머니 동호 변경을 도와드리면 안 될까요? 보호자랑 같은 동에 1층으로 동호 변경을 해드리면 할머니께서 무서워하던 승강기를 이용할 필요도 없고, 답답해 하실 때 언제든지 단지 밖으로 나갈 수 있을 것 같아요."

마침 따님과 이웃한 집으로 옮겨드릴 수 있을 것 같아 기쁜 마음으로 소장님께 말씀드렸다. 소장님 역시 큰 도움이 될 수 있을 것 같다며 좋아하셨다. 물론 할머니께서 가장 기뻐하셨다.

동호 변경이 완료된 후 할머니의 달라진 모습을 볼 수 있었다. 세대 안에서 발코니 밖으로 뛰어노는 어린이들과 귀여운 반려동물을 쉽게 접하며, 심심한 마음의 위로를 받으셨다. 할머니는 고향 집에 온 것 같다는 말씀을 자주 하셨다. 단지 환경에 적응할 수 있는 계기를 만들어 준 것 같아 안심되었다. 김과장님과 문대리님은 직접 할머니를 경로당으로 모시고 가서, 경로당 회원으로 가입시켜 드렸다.

"어머니가 여기서 젤 정정해 보이는데요? 잘 지내시겠네요."

과장님의 걱정 어린 농담조에, "집도 가까워서 내려오면 금방이고, 요즘 말동무가 생겨서 심심하지 않고, 또래 영감들도 있고 괜찮다." 말씀하시며 직원들에게 연신 고마워 하셨다.

며칠 후 경로당 현판식 행사에도 참석하여, 어엿한 단지 구성원의 일원으로 자리 잡은 모습도 보여 주셨다.

도움이 필요한 사람들

김해장유2단지 조 혜 지

2021년 8월 18일 오전 7시경, 경비아저씨가 다급하게 관리소로 뛰어오셨다.

"누가 경비초소를 망가뜨리고 갔어."

경비아저씨는 많이 놀라신 상태였고, 급하게 경찰서에 신고한 후 사건에 대해 듣기 시작했다.

경비초소 문을 다급하게 '쾅쾅' 치는 소리가 들린다.

"2동 5호에 사는 사람인데 좀 나와 보세요!"

"엄마랑 누나가 갑자기 사라졌는데 경찰에 실종신고 좀 해주세요!"

"제가 지금 다른 업무를 보고 있어서 이것만 끝내고 바로 신고해 드릴 테니 몇 분만 여기서 기다려 주십시오."

"아니 지금 사람이 없어졌는데 일이 중요하냐! 빨리 신고를 해서 사람을 찾아야 한다고!"

하는 수 없이 경비아저씨가 계약자의 휴대전화를 받아 112를 눌러서 드린다.

"경찰서 번호 눌러 드렸으니 통화가 연결되면 실종신고를 하시면 됩니다."

그 후 계약자는 갑자기 차분해지며 집으로 돌아갔고 경비원 분께선 상황이 정리된 후 분리수거 하는 곳에 볼일이 있어 가셨다고 한다.

몇 분 뒤 초소로 돌아가려는 찰나 갑자기 오토바이 한 대가 경비초소로 돌진하였고, 와장창 요란한 소리와 동시에 초소 출입문과 창문이 파손되었다. 경비아저씨는 다행히도 경비초소 안에 계시지 않아 다치지 않으셨다.

계약자의 어머니와 누나 분은 이 상황을 모른 채 댁으로 귀가하였고, 경찰이 출동하여 계약자를 연행해가면서 상황을 알게 되었다. 상황이 어느 정도 진정된 후 소장님께서 계약자의 어머니께 연락을 드려 관리소에 방문을 부탁했다. 잠시 후 조심스럽게 문을 여는 소리와 함께 계약자의 어머니와 누나가 들어오셨다.

"소장님…, 미안합니다…."

계약자의 어머니 말씀에 의하면 계약자는 중증 조현병을 앓고 있고, 최근 불안 증세가 심한 상태였다고 한다. 아마도 어머니 본인도 젊은 시절부터 조현병을 앓고 있다 보니 자녀까지 영향을 받게 된 것 같다고 말씀하셨다. 가족 모두가 수급자로 지정될 만큼 경제적으로 어려운 상황이었고, 그 때문에 제때 병원을 가지 못해 이런 화를 부른 거 같다고 하셨다.

딱한 사정을 알게 된 후 이들에게 정신건강복지센터와 연계해 주고자 추가 상담을 진행하였다. 어머니는 치매 초기 현상과 조현병으로 이미 약물 치료를 하고 있었으나, 누나는 어머니와 동생을 돌보느라 정작 자신은 돌보지 못하고 있었다. 우리 단지는 김해시 정신건강복지센터와 협약이 되어있어 이 가족을 기관과 연계하여 마음 치료를 할 수 있도록 도와드렸다.

그러나 며칠 뒤 단지에서 또 한 번 큰 소동이 일어났다.

"네가 똑바로 동생을 안 돌봐서! 동생이 이렇게 허망하게 갔다!"

할머니 한 분이 자신의 딸을 잡고 흔들며 소리를 지르며 울고 계셨다. 무슨 일인가 가보니 2동 5호 계약자의 어머니와 누나였고, 진정시켜 드린 후 들은 얘기는 충격적이었다.

경찰에 연행되어 간 뒤 곧바로 정신병원에 입소 후 치료를 견디다 못해 병원에서까지 난동을 부리다 입원 며칠 만에 안타깝게도 사망하였던 것이다. 유가족은 가족을 잃은 슬픔이 가시기도 전에 기물 파손 건에 대한 배상을 걱정해야 했고, 경제적으로 어려움을 겪고 있어 배상이 어려운 상황이었다. 어떻게 하면 부담을 덜어 드릴까 생각하다 LH에 이러한 상황을 전달하였고, 파손된 부분은 무상으로 교체할 수 있도록 하여 금전적 부담을 덜어 드렸다.

하지만 여전히 마음이 편하지는 않았다. 경제적으로 어려움을 겪고 있는 분들이 정신질환을 앓으면 제때 적절한 치료를 받지 못해 사고를 미리 방지하지 못한 것이 아쉬웠기 때문이다. 어쩌면 계약자도 더 빨리 치료를 받았더라면 비극적인 일을 막지 않았을까 싶다. 이런 사건을 뉴스나 매체를 통해 자주 접하긴 했지만, 실감이 나진 않았던 거 같다. 막상 겪고 나니 너무나 심각한 상황임을 다시금 깨달았다.

이런 일이 되풀이되지 않기 위해선 이런 분들이 적절한 시기에 치료를 받을 수 있도록 지원이 필요하다는 생각이 든다.

할아버지의 한마디, "고마워"

JDC제주첨단행복주택단지 김 충 환

2021년 8월부터 실태조사를 진행하던 중 있었던 일이었다. 105동 강제주 할아버지가 본인 서명을 못하겠다고 막무가내로 폭언, 욕설을 하여 난감한 상황이었다. 3차례 이상 방문하여 실태조사의 목적과 취지를 설명해도 전혀 들으려고 하지도 않고 당장 여기서 나가라고만 하셔서 도저히 서명을 받을 수 없었다. 할아버지 처지에서는 '젊은 친구가 뭘 안다고 이래라저래라 하나?'라고 생각하실 수도 있겠다 싶어서 과장님께 실태조사를 받아달라고 부탁하였다.

평상시 할아버지는 우리 단지 길 건너 바로 옆 풀숲 사이에 바퀴 달린 의자를 하나 갖다 놓고, 지나가는 차를 보거나 하늘을 보며 이야기하는 등 혼자 유유자적하는 스타일이다. 집안은 답답하다면서 따뜻한 보온병 하나를 들고 밖으로 나와 흔들리는 풀잎을 벗 삼아 삶을 즐기고 있는 것 같았다.

처음엔 아무도 없는 길거리에 홀로 의자에 앉아 있는 게 이상해 보였고, 혹여나 지나가는 사람들한테 해코지하진 않을까? 혼자 걱정했지만, 기우였다. 과장님께서 일주일에 3~4번씩 찾아가서 말동무가 되어 주며 확인해 본 결과 과거 아픈 개인사가 있었다고 하셨다. 나만의 생각으로 할아버지를 성격이 이상한 사람으로 생각한 것 같아서 정말 죄송했다.

실태조사가 진행된 지 2달쯤 지났을 때 과장님께서 드디어 할아버지의 서명을 받아오셨다. 실태조사를 받아 준 과장님도 고마웠지만 응해준 할아버지도 정말 고마웠다. 며칠 후 할아버지가 집에 보일러가 안 된다고 전화가 왔다. 큰 문제는 아니었고 보일러 스위치의 간단한 조작법을 말씀드리고, 방문한 김에 전등불이 들어오지 않는 것도 새것으로 들고 와서 교체를 해드렸다.

그런데 정말 나한테는 말 한마디도 않을 것 같았는데, 갑자기 고맙다며 선명한 미소를 보여 주셨다. 시간 내서 이렇게 신경을 써주어서 고맙다는 말 한마디가 갑자기 엄청나게 큰 파동으로 나에게 다가왔다.

첫 대면에 할아버지의 욕설과 폭언을 듣고 섣불리 그 사람을 판단했다는 생각에 나 자신이 너무 부끄러워졌다. 조금만 일상적인 대화를 나눴더라도 일도 금방 끝내고 혼자 속앓이 하지 않을 수도 있었다. 입주민에게 내가 먼저 한 걸음 더 친근하게 다가가고 배려하는 마음을 가져야 하겠다고 생각하게 된 계기였다. 잔손보기가 끝나고 집을 나가면서 할아버지께 "무슨 일 있으면 젊은 친구를 찾아 주세요!"라고 말하면서 웃으며 나왔다. 기분 좋은 하루였다.

누구든 먼저 스스로

제주아라단지 김 병 진

화창한 날이었다. 구름 한 점 없고 파란 하늘에 따스한 햇볕 너무나 따뜻한 봄날이었다. 수도 검침 단말기를 들고, 귀에는 이 어폰을 꽂고 음악을 들으며 복도와 계단을 지나는 느낌이 너무 좋았다. 하지만 짧은 순간이었다. 갑자기 검은 연기와 코끝을 찌르는 매캐한 냄새가 나를 자극한다.

'따르르르르' 굉음과 함께, '불이다!' 몸이 먼저 반응한다,

문을 두들기며 대피하라고 소리치며, 소화기를 찾는다. 까만 연기 사이로 누군가 나와 같이 소리치며 현관문들을 두드린다. 106동에 거주하는 입주자다. '여기는 104동인데…. 왜 여기 계시지?'라는 생각이 스친다.

"대피하세요!"

"대피하세요!"

우리는 누가 제일이라고 경연을 하듯이 소리치며 움직인다. 둘이 같이 소화기를 들고 창문을 열어 소화기를 뿜어낸다.

"아니 6동에 사시는데 왜 여기 계세요?"

"복도에서 날씨가 너무 좋아 바깥 풍경 구경하는데 연기가 올라와 119에 신고하고, 달려왔지."

소화기 4~5개를 쓸 때쯤 소방차 사이렌 소리와 함께 소방관들이 달려왔고, 우리는 소방관의 대피 명령과 함께 소방관에게 현장을 인계했다. 하지만 우리는 혹시나 하는 마음에 계단을 내려오면서도 누군가 없는지 연신 문을 두들기며 확인을 했다.

바깥으로 나와 우리는 서로 헛구역질을 한다. 목구멍이 따갑다.

"괜찮으세요? 왜 여기까지 오셨어요? 큰일 나면 어떻게 하실라고요?"

나는 걱정이 되어 따지듯이 물어보았다.

"김과장이 항상 이야기하잖아! 매년 겨울철에 할머니랑 할아버지들 모시고 하는 소방교육이나 훈련할 때 어르신들은 불 끌 생각하지 말고 '불이야'하고 도망가라고, 불은 우리 젊은 사람들이 끈다고…, 허허! 제일 처음 본 사람이 책임을 져야지…."

"그래도 그렇지…, 그러다 큰일 나시면 어떡하시려고…."

"항상 관리소에서 저녁마다 방송하는 대피요령이나 소화기 사용법 등 귀 딱지 앉게끔 해주니 도움은 되네그려…."

"그래도 삼촌이 많이 도와줘서 이 정도로 끝나서 다행이에요. 감사합니다."

대피 후 이런저런 이야기를 나누다 보니 진화가 완료되었고, 다행히 빠른 초기 진화와 대피로 별다른 큰 피해는 없음에 깊은 안도의 한숨을 내쉬며, 검게 그을린 얼굴을 바라보며 멋쩍은 웃음만 지어 보였다.

저장 강박과 '나비효과'

나주용산1단지 노 희 서

"제발 방 좀 치워."

연년생 동생과 같이 살면서 입에 달고 살았던 말이다. 내가 극도로 깔끔한 것을 추구하는 결벽증이 있었던 것은 아니었고, 단순히 동생의 방이 정말 해도 해도 너무 했기 때문이었다. 동생의 방에 들어갈 때마다 이건 어제 입은 옷, 저건 그제 입었던 옷, 기념일에 받은 인형들이 여기저기 널브러져 있었다. 넓지도 않은 방에 동생의 어지러운 생활상이 그대로 담겨 있어 고개를 저으며 혀를 찼다.

동생을 반면교사 삼아 본래 게으른 성격에도 불구하고 '사람이 사는 방' 같은 상태를 유지하려고 무던히 애를 썼고, 따라서 동생 방과 같이 심각하게 더러운 집을 더더욱 이해하기 힘들었다.

하지만 2021년 6월, 전보 발령을 받아 근무하게 된 광주의 한 영구임대단지 마이홈센터에 근무하면서 겪었던 경험으로 생각이 좀 바뀌었다.

"집을 보여 주기가 부끄러워요."

이 말은 당시 구청과 집정리업체, 마이홈센터와 관리사무소가 함께 협업하여 진행했던 저장 강박 세대에 대한 무료 정리수납 서비스 제안을 거절하던 입주자가 어렵사리 뱉은 이유였다. '집이 어느 정도기에 부끄러우시다는 걸까? 지나갈 때 발로 물건들을 치우면서 길을 만들어야 하는 정도인가? 누가 집정리를 도와준다면 좋은 거 아닌가? 왜 그러시지?'

머릿속에서 질문이 꼬리에 꼬리를 물고 떠올랐지만, 당장 도와 드리고자 하는 마음이 앞서 센터장님과 함께 열심히 설득에 나섰다.

"원래 시작이 제일 힘들다고 하더라고요. 혼자서 정리하시려면 얼마나 힘드시겠어요. 제일 어려운 시작을 같이하면 훨씬 수월하게 마무리할 수 있을 거예요. 도와드리고 싶어요."

센터장님과 정리업체 대표님이 번갈아 가며 설득하셨고, 나는 옆에서 맞장구를 치며 열심히 고개를 주억거린 결과, 입주자는 부끄러움을 무릅쓰고 정리수납 서비스를 받겠다고 어려운 결정을 해주셨다.

'됐다!' 당시엔 설득한 게 마냥 기쁘기만 했으나, 다시 그때로 돌아간다면 왜 그렇게 가벼운 마음으로 이해하는 척했었나 내 머리라도 쥐어박고 싶은 심정이다.

어쨌든 입주자는 머뭇거리며 현관문을 열어주었고, 나는 그 날 바퀴벌레가 사는 곳에서 난다는 진간장 냄새가 무엇인지 드디어 알 수 있었다. 현관 입구에서부터 바퀴벌레와 눈이 마주쳤고, 방바닥은 무엇 때문인지 끈적거리고, 벽지는 원래 색깔을 잃은 지 오래였으며, 여기저기 쌓인 많은 용도를 알 수 없는 물건들과 함께 강아지가 짖고 있었다.

예상치 못한 풍경에 정신이 살짝 혼미했으나 당황한 마음을 내색하지 않으려 애를 썼다. 그래도 티가 났을 테지만 말이다. 모두가 예상했던 것 이상의 풍경에 우리는 잠시 멈칫했고 정리업체 직원을 필두로 지자체와 관리사무소 직원, 그리고 나까지 함께 나서 방역과 청소, 적치된 짐들을 폐기하고 정리했다. '이걸 언제 치우나…' 하고 끝이 보이지 않게 막막했던 그 공간이 점점 정돈되어가는 게 보이자 입주자의 눈에도 생기가 돌기 시작했다.

이후 입주자는 한 달에 한 번 마이홈센터에서 진행하는 무료 정리수납 교실에 꾸준히 참여하셨고, 아파트 입주자들과 소통하며 표정까지 밝아지시는 게 눈에 보였다. 미용실에 가서 머리를 다듬고 염색까지 하신 후 센터에 찾아와 수줍게 웃으셨고 얼마 지나지 않아 취직에 성공했다는 소식을 전하러 방문하셨다. 가까이에서 변화를 지켜봤던 센터장님과 나였기에 그분의 취업 소식은 그 당시 들었던 소식 중 가장 반가운 소식이었다.

"딸이 사고로 장애가 생기고…, 가정폭력으로 이혼한 후엔 먹고 살기도 팍팍하니까 집이고 뭐고 살 의욕이 안 나더라고요. 그래서 집 상태에 신경 쓸 기력조차 없었어요. 당장 오늘 사는 것도 나한텐 너무 벅차서…. 근데 집이 정리되니까 머릿속까지 정리됐어요. 수업에 나오는 것도 재밌었고요. 이게 다 여러분 덕분인 것 같아요…."

가장 어렵고 우울했던 시기를 담담하게 회고하며 감사를 전하는 입주자의 모습에 조금 민망하고 부끄러워졌다. 집안의 상태가 안 좋은 것을 단순히 개인의 성향으로 묶어서 게으른 사람으로 단정 짓기엔 입주자에겐 너무 많은 장벽이 있었고, 나는 그걸 간과했던 게 아닐까 하는 생각에 얼굴이 화끈거렸다.

지자체와 정리업체, 마이홈센터, 관리사무소가 함께 힘을 모아 변화시킨 한 사람의 영향이 같은 층의 이웃 주민에게도 퍼졌다. 반찬을 만들어서 몸이 편찮으신 옆집 할머니에게 나눠 드리거나, 오가며 눈이 마주치면 가볍게 인사를 나누는 입주자의 밝은 모습으로 인해 같은 층 이웃 주민들도 서로 소통하기 시작했다.

나비의 날갯짓과 같은 작은 변화가 예상하지 못한 엄청난 결과나 파장으로 이어지게 되는 나비효과처럼 입주자 한 명의 작은 변화가 우리 단지를 더불어 사는 마을로 서서히 물들이고 있는 것 같다.

사는 것이 힘들고 고단한데 어디에다 도움을 청할지 몰라 막막하고 외로운 삶. 왜 나만 이렇게 힘겨운가, 사는 것이 왜 이리 팍팍할까 하며 절망하는 영혼들을 달래는 방법을 알고 싶다면?

이 책은 빈곤한 사람들이 모여 사는 영구임대아파트 단지에서 일하는 관리사무소 직원들의 이야기이다. 빈곤은 물질적 결핍만이 다가 아니다. 철저한 사회적 고립도 빈곤에 속한다. 직원들은 빈곤의 이러한 복잡한 속성을 잘 파악하였다.

술 먹고 다투는 그래서 저 인생은 어쩔 수 없다고 모두가 고개를 절레절레 흔들어도 그냥 지나치지 않았다. 불만이 있어서가 아니라 외로워서 그런 것임을 알아차렸다. 걱정되어 방문하면 그만 오라고 역정 내는데도 계속 와달라고 애원하는 것임을 간파하였다. 관리사무소 직원들은 이렇듯 영구임대아파트 사람들의 거칠게 살아왔던 삶의 역사, 이들의 절실한 감정에 진심으로 다가갔다.

그리고 놀라운 변화가 일어났다. 자살 시도를 멈추고, 술을 줄이고, 이웃과 무턱 댄 다툼이 잦아들었다. 관리사무소 직원들에게 소리만 지르던 아파트 주민들이 미안하고 고맙다고 음료수를 건넸다. 죽기 전에 마지막으로 보고 싶다고 찾아올 만큼 진심으로 대해주었던 고마운 사람으로 기억하였다.

감동이다!

이 책을 통하여 관리사무소가 무슨 일을 하는지, 어떻게 애를 쓰는지를 생생하게 엿볼 수 있다. 그 안에는 경제적으로나 심리적으로 빈곤한 이들과 어떻게 관계를 맺어야 하는지, 이들 삶의 어떤 측면을 살펴야 하는지, 살피기 위해서 무엇을 어떻게 해야 하는지, 사회적 지원 체계에 어떻게 연결해야 하는지를 아주 쉽고 아주 세심하게 알려준다. 무엇보다도 사람 대 사람으로 진심 어린 공감을 한다는 것이 무엇을 의미하는지. 어떻게 하는 것인지. 어떠한 긍정적 반전을 가져다주는지를 생생하고 절절하게 전달해준다.

여전히 세상은 괜찮은 곳이라고 느끼고 싶다면, 그래서 위로를 받고 싶다면 관리사무소 직원들이 전하는 이야기 속으로 들어가 보기를 권하고 싶다.

임인년 8月
경기대학교 **민소영** 교수

저 자 와
협의하여
인지 생략

임대주택 관리사무소 이야기

지은이 | 주택관리공단 (강미라외 50인)
펴낸이 | 一庚 張少任
펴낸곳 | 돌설 답게
초판 인쇄 | 2022년 9월 10일
초판 발행 | 2022년 9월 15일
등 록 | 1990년 2월 28일, 제 21-140호
주 소 | 04975 서울특별시 광진구 천호대로 698 진달래빌딩 502호
전 화 | (편집) 02)469-0464, 02)462-0464
        (영업) 02)463-0464, 02)498-0464
팩 스 | 02)498-0463
홈페이지 | www.dapgae.co.kr
e-mail | dapgae@gmail.com, dapgae@korea.com
ISBN 978-89-7574-351-1
ⓒ 2022, 주택관리공단 (강미라외 50인)
나답게·우리답게·책답게